시에서 피어나는
시인의 꽃

시에서 피어나는 시인들의 꽃

시인의 꽃

권성훈 지음

새미

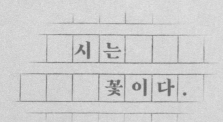

시는 꽃이다. 꽃이 흔들리면서 피듯이 시도 시인의 상상 속에서 흐느끼면서 발화한다. 그것도 최소한의 언어를 통해 최대한의 사유를 발생시키면서.

거기에는 흙과 공기, 물과 빛을 기본 문학적 자양분으로 하여 4계절의 희로애락, 365일의 삶과 죽음, 24시간의 진실과 거짓 등 현실의 무늬와 무게로 묶여 싱싱하게 출렁인다.

우리는 '시인의 꽃'을 통해 인간 존재의 이유와 조건들과 실존의 절박함을 나누어 가질 수 있다. 누구나 어디서나 현존 하는 것과 근원적인 것 사이에서 무엇이든 꽃으로 개화할 수 있다는 흥미로운 사실을 알 수 있다면.

때로는 고통이 기쁨보다 즐거우며 슬픔이 안내해주는 길은 연약하지만 끊어지지 않는다. 우리의 꽃길이 씨앗도 없이 생겨나고 시들지 않고도 사라질 때, 그토록 아프게 걸었던 당신의 한 생이 상처라고 한다면 바로 그것은 고통에 단련된 충만한 아름다움이 될 수 있다.

모든 상처의 다른 말을 우리는 꽃이라고 읽고, 시인은 시라고 쓰는 것도 그 때문이다.

비로소 당신의 꽃을 이 책 행간의 방명록에 담아 푸른 상처의 바다에게 보낸다.

2024. 4. 16. 명동성당에서

저자 권성훈

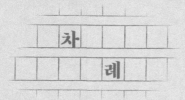

아홉째날 活

열째날 造

첫째날
愛

들국화

천
상
병

1930~1993

산등선 외따른데,
애기 들국화

바람도 없는데
괜히 몸을 뒤누인다.

가을은
다시 올 테지.
다시 올까?
나와 네 외로운 마음이,
지금처럼
순하게 겹친 이 순간이

늦은 11월까지 꽃을 피우는 들국화는 고유명사가 아니라 국화과 식물을 두루 일컫는 보통명사다. 산과 들녘에서 흔히 볼 수 있는 구절초, 쑥부쟁이, 감국, 산국 등과 같이, 가을에 등장하는 이러한 꽃을 들국화라고 하는 것이다. 또한 이 식물마다 꽃말이 다른데, 구절초는 가을 여인, 쑥부쟁이는 기다림과 그리움, 감국은 가을의 향기, 산국은 순수한 사랑 등 다양하다. 국화과 식물들의 특징으로 작고 가느린 형체를 떠올릴 수 있는데, 화자는 이름 모를, 이 꽃을 '애기 들국화'라고 하는 것. 이 시는 산등선 외딴 곳에 얼굴을 내민 '애기 들국화'와 시선을 마주치면서 시상이 확장되고 있는 점이다. 어느 늦은 가을날 "바람도 없는데" 몸을 눕히는 연약한 들국화를 보면 언젠가 저렇게 홀로 시들어 갈 인생과 겹쳐져 '나'와 '들국화'가 별반 다를 것이 없다는 심상. 그것은 우리의 내면에 깃든 '애기 들국화'와 동화되어 안쓰러운 마음이 절로 생기게 되는 것이다. 잠시 생명에의 기쁨을 주고 가는 들국화에게서 "나와 네 외로운 마음"을 달래듯이 우리가 마주하게 되는, 작고 적은 것들 속에서 '순하게 겹친 이 순간'을 크고 많은 것들로 바꾸어 보라. 당신의 향기로움은 "다시 올 테지"라고 처음 만난 타인일지라도 그 영혼 속에 남아 기다림을 간직하게 되리니.

강은교

1945~

오늘 아침 마악 피어났어요
내가 일어선 땅은 아주 조그만 땅
당신이 버리시고 버리신 땅

나에게 지평선을 주세요
나에게 산들바람을 주세요
나에게 눈 감은 별을 주세요

그믐 속 같은 지평선을
그믐 속 같은 산들바람을
그믐 속 같은 별을

내가 피어 있을 만큼만
내가 일어서 있을 만큼만
내가 눈 열어 부실 만큼만

내가 꿈꿀 만큼만

꽃씨를 사랑에 비유하면 사랑을 피우기 위한 요소들이 있다. 그것은 사랑이 뿌리 내릴 수 있는 토양과 꽃필 수 있는 햇빛 그리고 필요적으로 관심이라는 물이 있어야 하는 것. 말하자면 사랑을 둘러싼 조건들인데, 이러한 것들이 충족되지 않는 이상 사랑은 피지도 못한 채 시들어 버리는 것. 사랑의 힘은 약하지만 "내가 일어선 땅은 아주 조그만 땅"일 지라도 끊임없는 시선과 열정으로 한번 피어난 사랑은 힘을 가지게 되며, 사랑의 힘은 모든 것들을 변화시키게 한다. 하지만 "당신이 버리시고 버리신 땅"에서는 있을 수 없는 일인 것처럼 지금이라도 사랑이 움틀 만큼만 그에게 '지평선'과 '산들바람'과 '별'을 보게 하라. 그러면 '그믐 속'에서도 사랑은 피어나 일어날 것이며, 눈먼 밤하늘에서도 눈이 부실정도로 서로를 열어 줄 것이니.

김
소
월

1902~1932

산유화

산에는 꽃피네
꽃이 피네
갈 봄 여름 없이
꽃이 피네

산에
산에
피는 꽃은
저만치 혼자서 피어 있네.

산에서 우는 작은 새여
꽃이 좋아
산에서
사노라네.

산에는 꽃 지네
꽃이 지네
갈 봄 여름 없이
꽃이 지네.

산유화는 꽃 이름이 아
니라 '산에 꽃이 있다' 라는 의미로 '산유화山有花'다. 이른 봄부터 산
에 피는, 이름 모를 꽃들은 자신의 존재를 스스로 증명하는데, 거기
에는 기다림도 설렘도 존재하지 않는다. 또한 산유화는 언제 피는
지, 언제 지는지에 관한 물음을 접은 채, 피어나고 지는데 있다. 그
꽃은 '갈 봄 여름 없이' 보는 사람에게 피어나는 꽃이며, 반대로 '갈
봄 여름 없이' 지는 꽃으로서 산 속 어딘가에서 '피는 꽃은 저만치
혼자서 피어' 있을 뿐. 마치 겨울을 홀로 보낸 외롭고, 쓸쓸하고, 고
독함의 얼굴이 있다면 그러하리라. 따라서 산유화는 외로움과 쓸쓸
함을 통과하여 더 이상 외롭지도 쓸쓸하지도 않은 상태로서 고독
의 절정이 피어올린 근원적 존재를 형상화하고 있는 것. '산에서 우
는 작은 새도 고독이라는 꽃이 좋아 산에서 사는 것같이 누구나 세
계라는 산 속에서 잠시 홀로 왔다가 간다.

김
영
랑

1903~1950

모란이 피기까지는
나는 아직 나의 봄을 기다리고 있을 테요
모란이 뚝뚝 떨어져버린 날
나는 비로소 봄을 여읜 설움에 잠길 테요
오월 어느 날 그 하루 무덥던 날
떨어져 누운 꽃잎마저 시들어버리고는
천지에 모란은 자취도 없어지고
뻗쳐오르던 내 보람 서운케 무너졌느니
모란이 지고 말면 그뿐, 내 한해는 다 가고 말아
삼백 예순날 하냥 섭섭해 우옵네다
모란이 피기까지는
나는 아직 기다리고 있을 테요
찬란한 슬픔의 봄을

　　　　　　　　　　　　　　　　　　5월에 개화하는 크고 화
려한 모란꽃은 부귀와 명예를 상징하며, '꽃 중의 왕'이라고 하여 '화
중지왕花中之王'으로도 불린다. 누구에게나 모란꽃처럼 불꽃으로 타
올랐던 화려한 날들이 있지 않겠는가. 그렇지만 그 환희의 순간 뒤에
찾아오는 공허함과 허탈감은 어디서, 어떻게 오는가. 이 시는 봄날 뒤
에 찾아오는 안타까움을 모란꽃에 비유하면서 "모란이 뚝뚝 떨어져
버린 날"에 '비로소 봄을 여읜 설움에' 잠겨 "오월 어느 날 그 하루 무
덥던 날"을 맞이하는 정경을 그리고 있다. '여읜 봄'을 있게 한, '오월
어느 날'의 지금쯤 '떨어져 누운 꽃잎'들이 시들어가는 현장에서 우
리는 기쁨이 클수록 슬픔도 비례한다는 사실을 발견하게 된다. 그리
고 다시 "모란이 피기까지" 일 년을 기다려야 하는 마음에 떨어진 꽃
잎은 '찬란한 슬픔의 봄'이 되고, 슬픔도 찬란할 수 있다는 '언어적 모
순'을 통해 '실제적 진실'에 가닿게 한다.

김
춘
수

1922~2004

그는 웃고 있다. 개인 하늘에 그의 미소는 잔잔한 물살을 이룬다. 그 물살의 무늬 위에 나는 나를 가만히 띄워본다. 그러나 나는 이미 한 마리의 황黃나비는 아니다. 물살을 흔들며 바닥으로 바닥으로 나는 가라 앉는다.

한나절, 나는 그의 언덕에서 울고 있는데, 태연히 눈을 감고 그는 다만 웃고 있다.

하나의 형상은 사람들의 기억 속에서 수많은 상상을 자극한다. 형상이 체험한 것의 실체성이라면, 상상은 유사성에서 오는 심상으로서 이미지가 된다. 이 이미지는 상상을 통해 가공된 것이지만 원본인 형상과 무관하다고 할 수 없다. 비 개인 강가에 일렁이는 물결의 파장이 한 송이 꽃잎이 피어나는 것 같이. 동그랗고 작은 물결이 점점 크게 번져가는 형상 속에서 꽃을 상상하고 꽃 이미지를 발견하게 된다. '그 물살의 무늬 위에 나는 나를 가만히 띄워'보는 것은 '꽃무늬' 같은 물속에 비친 나의 모습이 마치 '한 마리의 황黃나비'와도 같이 "물살을 흔들며 바닥으로 바닥으로 나는 가라 앉는다"는 것이다. 상상이라는 '그의 언덕에서' 상상은 '태연히 눈을 감고' 더 많이 '울고' '웃는' 이미지를 불러온다. 김춘수는 여기서 '나'라는 의미의 형상(존재)을 지웠을 때, 수많은 이미지(의미)를 만나게 되는 것을 '무의미시'라고 명명했다.

김
용
택

1948~

내 안에 이렇게 눈이 부시게 고운 꽃이 있었다는 것을
나도 몰랐습니다
몰랐어요

정말 몰랐습니다
처음이에요 당신에게 나는
이 세상 처음으로
한 송이 꽃입니다

누구에게나 자신에게 있으면서도 자신이 볼 수 없는 마음 하나 있다. 이 마음은 내가 헤아릴 순 없지만 타인들이 헤아릴 수 있는 것. 또한 마음먹는다고 해서 마음대로 되지 않고, 내 속에 있지만 타인의 마음속에 들어차 있기도 하다. 그런 꽉 찬 마음 하나가 내게로 들어오면 꽃을 피우듯이 "내 안에 이렇게 눈이 부시게 고운 꽃이" 활짝 피어난다. 그렇다면 반대로 내가 누군가의 꽃이 될 수만 있다면 그에게로 가 꽃이 되리니. 그러나 마음의 꽃이 된다는 것은, 그 마음에 씨를 뿌리고, 물을 주고, 햇빛을 주고, 거름이 되어 주어야 되는 것. 그러는 동안 타인의 마음에 내가 뿌리내리면서 서서히 개화할 때까지 기다려줘야 한다. '당신의 꽃'이 되기 위해 내가 타인에게 온전한 '한 송이 꽃'으로 바치겠다는, 무엇보다 강한 신념이 있어야 하리니.

풀
꽃
1
·
2

자세히
보아야 예쁘다

오래 보아야
사랑스럽다

너도 그렇다

이름을 알게 되면 이웃이 되고
색깔을 알게 되면 친구가 되고
모양까지 알게 되면 연인이 된다
아, 이것은 비밀.

모든 풀에 피는 꽃의 이름이 풀꽃이다. 아무 데서나 흔하게 볼 수 있는 풀은 풀숲에서 각양각색의 꽃을 피우지만 그 정체를 잘 모른다. 우리가 사는 세계처럼 누가 누군지 모른 채 매일같이 마주치지만 지나치고 살아간다. 인간사의 무관심과 무심함이 피어내는 또 다른 이름이 풀꽃인 줄 모른다. 자세히 보지 않고서, 오래 보지 않고서는 알 수 없는, 그래서 찾기 힘든 풀꽃 같은 존재를 보고 싶은가. 오늘도 바쁜 일상 속에 잠시 멈춰서 주위를 유심히 둘러보라. 몰랐던 이름을 알게 되면 이웃이 되고, 생각지 않은 색깔을 알게 되면 친구가 되고, 예상치 못한 모양을 알게 되면 연인이 될 수도 있으니. 이 얼마나 단순하지만 놀라운 삶의 비밀이자 세계의 진리인가. 이제 풀꽃같이 쓸쓸하게 흔들리는 당신도 누군가의 이웃이 되고, 친구가 되며, 연인으로 남아서 사람의 풀숲에서 거닐 수 있을 것.

노
천
명

1912~1957

송이 송이 흰빛 눈과 새워
소복한 여인모양 고귀하여
어둠 속에도 향기로 드러나
아름다움 열꽃을 제치는구나

그윽한 향 품고
제철 꽃밭 마다하며
눈 속에 만발함은
어늬 아낙네의 매운 넋이냐

설중매는 눈 속에 핀 매화로 곧은 절개 또는 굳은 기제로 현현된다. 추운 겨울 속에서도 고통과 슬픔을 견뎌내며 꽃을 피우는, 매화의 꽃말은 고결한 마음, 기품, 결백, 인내로 알려져 있다. 아무도 돌봐주지 않아도 "송이 송이 흰빛 눈과 새워" 하얀 '소복한 여인모양 고귀'하게 그 모습을 드러낸다. 또한 은은하게 배어나는 매향은 "어둠 속에도 향기로 드러나" 혹한의 날씨에도 자신의 향기와 빛깔을 버리지 않기에 "아름다움 열꽃을 제치"고 그 자리를 지키고 있는 것이다. 거기엔 현실에 따라 컬러를 바꾸는 자기 보존적 본능을 초월한 생식이 '그윽한 향 품고' 스며있기 때문이리라. 이 비장하고도 고유한 삶의 방식은 '제철 꽃밭마다하며 눈 속에 만발함'을 보여준다. 마치 먼저 세상을 떠난 정혼녀를 사랑한 청년의 애틋한 사랑 이야기가 매화에 얽혀 전해지듯, 전설처럼 '매운 넋'이 설중매에 열려있는 것이 아닐까.

둘째날

恩

들국화

도
종
환

1955~

너 없이 어찌
이 쓸쓸한 시절을 견딜 수 있으랴

너 없이 어찌
이 먼 산길이 가을일 수 있으랴

이렇게 늦게 내게 와
이렇게 오래 꽃으로 있는 너

너 없이 어찌
이 메마르고 거친 땅에 향기 있으랴

　　　　　　　　　　　　　　제일 먼저 와서 빨리 지
는 꽃이 목련꽃이라고 한다면 가장 늦게 와서 오래 있는 꽃이 들국
화일 것이다. 들국화는 깊어가는 가을에 피어나 찬 서리 맞으며 그
자리를 끝까지 지킨다. 당신에게도 들국화 같은 사람이 곁에 있던
가. 하늘이 높아지고 생각이 깊어지는 이 가을 날 피어난 사람 있기
에 '이 쓸쓸한 시절을 견딜 수' 있는 것처럼 홀로 고독하게 걸어가는
인생이라는 '이 먼 산길'을 걸어갈 수 있는 것이 아닌가. "이렇게 늦게
내게 와" 흔들리는 바람결에도 "이렇게 오래 꽃으로 있는 너"를 가
만히 들여다보면 나도 누군가에게 돌아서며 다시 그리워지는 들국
화이고 싶어진다. 수없이 꽃은 피고 지지만, 온몸 다해 가을을 견디
고 있는 들국화 같은 사람 되어 '이 메마르고 거친 땅에 향기' 하나
피워 올릴 수 있다면 좋으련만.

문
태
준

1970~

당신은 꽃봉오리 속으로 들어 가세요
조심스레 내려가
가만히 앉으세요
그리고
숨을 쉬세요
부드러운 둘레와
밝은 둘레와
입체적 기쁨 속에서

집은 안식의 공간이다. 삶에 지친 영혼과 고단한 육신을 품어주며 세상에 나아갈 채비를 하는 장소다. 이곳은 누구에게나 일정한 거주지로서 존재하기도 하지만 사실상 머무는 곳이 집이 된다. 이른바 꽃은 집과 같이 시들 때까지 하나의 자리를 지키면서 자신을 개방하며 누군가 휴식을 찾아준다. 이에 꽃이 나비의 집인 것처럼 그곳을 찾는 모든 존재하는 자들에게 멈춤을 있게 한다. 나비가 세상이라는 허공 속을 방황하다가 날개를 접고 "꽃봉오리 속으로 들어"가는 것처럼. 그러한 당신도 한 번쯤 꽃의 집을 향해 '조심스레 내려가 가만히 앉으세요 그리고 숨을 쉬세요' 분명 '부드러운 둘레와 밝은 둘레' 속에서 세상 풍파로부터 해방되는 "입체적 기쁨"을 맞이할 수 있으리니. 이것은 기존의 감정이 변화하면서 놀라움을 선사하는 정서인 것. '입체적 기쁨'을 아는 당신도 마음의 부피만큼 누군가의 '꽃의 집'이 될 수 있음은 '사람 향기'를 가졌기 때문이다.

국화 옆에서

서 정 주

1915~2000

한 송이의 국화꽃을 피우기 위해
봄부터 소쩍새는
그렇게 울었나 보다.

한 송이의 국화꽃을 피우기 위해
천둥은 먹구름 속에서
또 그렇게 울었나 보다.

그립고 아쉬움에 가슴 조이던
머언 먼 젊음의 뒤안길에서
인제는 돌아와 거울 앞에 선
내 누님같이 생긴 꽃이여.

노오란 네 꽃잎이 피려고
간밤엔 무서리가 저리 내리고
내게는 잠도 오지 않았나 보다.

세상에 까닭 없이 태어난 사람이 없듯이 그냥 피는 꽃도 없으리라. 결과에는 원인이 있고, 이 원인의 근원에는 인연이 있는 법. 만약 지금 당신이 꽃이라고 표상되는, 스펙트럼을 피어 올리고 있다면 그것은 분명 물리적인 관계에서 온 물질인 것. 봄에 마주하게 되는 '한 송이 국화꽃'은 '천둥'을 이기고, '먹구름'을 지나 존재의 형상을 영롱하게 보이지 않던가. 죽음의 입구에서 삶의 출구로 도전장을 내민 '노오란 네 꽃잎'에서 존재에 대한 비의와 경이로움에 감탄할 수밖에 없다. 그 배후는 '그립고 아쉬움에 가슴 조이던' 시절과 아픔을 건너온 '머언 먼 젊음의 뒤안길에서' 오는 것인 바, 그리움과 아쉬움이 깊을수록 젊음의 뒤안길은 그만큼 고통스러웠을 것이며, 그것의 출구는 기쁨과 환희로 배가 되지 않던가. 당신이 살고 있는 어두운 세상에 '무서리가 저리 내리고 잠도 오지' 않는 이유도 지금—여기 있으니, 꽃을 피우고 싶다면 진실로 자신을 세계에 내 던져야 하지 않겠는가.

산에 언덕에

신 동 엽

1930~1969

그리운 그의 얼굴 다시 찾을 수 없어도
화사한 그의 꽃
산에 언덕에 피어날지어이.

그리운 그의 노래 다시 들을 수 없어도
맑은 그 숨결
들에 숲 속에 살아갈지어이.

쓸쓸한 마음으로 들길 더듬는 행인아.

눈길 비었거든 바람 담을지네.
바람 비었거든 인정 담을지네.

그리운 그의 모습 다시 찾을 수 없어도
울고 간 그의 영혼
들에 언덕에 피어날지어이.

사랑하는 사람이 불현 듯 사라질 때 혹은 그런 사람의 곁에서 떠나올 때가 있다. 그럴 때 우리는 그리움으로 가득 찬 그 사람의 텅 빈 빈자리를 응시하게 된다. 오지 않을 것을 알면서도 하늘만큼 커져만 가는, 기다림의 숱한 방황의 날들은 빈자리를 채우려고 한다. 그러면서 그 사람과 함께 한 시간을 더듬으며 나쁜 기억보다는, 좋은 기억만이 생각의 꽃을 피운다. 이 꽃은 '그리운 그의 얼굴 다시 찾을 수 없어도' 시시때때로 동시다발적으로 '화사한 그의 꽃'으로 현현된다. 길을 가다가, 산과 언덕을 오르다가 피어나는 꽃이 있다면 그것은 바로 그 사람이 되는 것. 이를테면 아름다웠던 기억이 상징화된 꽃으로 되살아나는 것인 바, 사람은 가고 지나간 시간만이 꽃으로 치환된 것. 이 꽃은 당신이 사랑했던 그 사람의 '맑은 숨결'로서 '바람'과 '인정'을 담아서 거기에 잎사귀를 내민다. 보아라, '쓸쓸한 마음'에 흔들리는 꽃이 있다면 그것은 '울다 간 그의 영혼'이 바람 되어 당신을 찾아온 것일지니.

신
석
정

1907~1974

태양太陽을 의논議論하는 거룩한 이야기는
항상 태양을 등진 곳에서만 비롯하였다.

달빛이 흡사 비오듯 쏟아지는 밤에도
우리는 헐어진 성城터를 헤매이면서
언제 참으로 그 언제 우리 하늘에
오롯한 태양을 모시겠느냐고
가슴을 쥐어 뜯으며 이야기하며 이야기하며
가슴을 쥐어 뜯지 않았느냐?

그러는 동안에 영영 잃어버린 벗도 있다.
그러는 동안에 멀리 떠나버린 벗도 있다.
그러는 동안에 몸을 팔아버린 벗도 있다.
그러는 동안에 맘을 팔아버린 벗도 있다.

그러는 동안에 드디어 서른 여섯 해가 지내갔다.

다시 우러러 보는 이 하늘에
겨울밤 달이 아직도 차거니
오는 봄엔 분수噴水처럼 쏟아지는 태양을 안고
그 어느 언덕 꽃덤불에 아늑히 안겨 보리라.

날이 아무리 뜨거워도 이와 같이 뜨겁게 달아오른 날이 있었겠는가. 일제강점기 35년 억압과 수탈의 폭염 속에서 '민족의 태양'을 다시 찾은 날 '그 어느 언덕'에서나 '거룩한 꽃덤불'로 피고. '그러는 동안'에 자신이 자신을, 서로가 서로를 '잃어버린' '떠나버린' '팔아버린' 수많은 것들을 생각하면, 왜 8월이 "분수噴水처럼 쏟아지는 태양" 볕에 그을려 있는지 알 것도 같다. '다시 우러러 보는 이 하늘가'에서 평화와 자유 평등의 나라 '대한민국'이라는 '오롯한 태양'을 저마다 모시고, 이 강산을 푸르게 해야 할 책무를 저버리지 말아야 한다. 우리 모두가 '반만년 역사의 꽃씨' 안에서 나온 '꽃덤불'이기 때문이다.

해당화

심
훈

1901~1936

해당화 해당화 명사십리 해당화야
한 떨기 홀로 핀 게 가엾어서 꺾었거니
내 어찌 가시로 찔러 앙갚음을 하느뇨.

빨간 피 솟아올라 꽃잎술에 물이 드니
손끝에 핏방울은 내 입에도 꽃이로다
바닷가 흰 모래 속에 토닥토닥 묻었네.

‘나를 건드리지 마세요’

‘연인의 숨결’이라는 꽃말을 가진 해당화 전설이 있다. 옛날 연인이 바닷가를 노닐고 있는데 갑자기 큰 파도가 밀려와 두 사람을 덮치자, 남자는 여인을 물 밖으로 밀어내고 자신은 물에 휩싸여 죽고 만다. 사랑하는 연인을 잃은 여인의 눈물이 남자의 시신에 닿자, 그 자리에서 짙은 분홍빛 애잔한 꽃이 피어난 것이 해당화다. 한편 명사십리는 전북 고창 다도해 해상국립공원의 해수욕장으로서 백사장을 밟으면 모래우는 소리가 십리에 걸쳐 들린다고 해서 ‘울모래등’이라고도 한다. 명사십리에서 ‘한 떨기 홀로 핀’ 가엾은, 이 꽃은 가시가 있어 그것을 건드리면 ‘빨간 피 솟아’ 전설 속 아픔을 더해준다. ‘손끝에 핏방울’은 여자가 “바닷가 흰 모래 속에 토닥토닥” 묻어버린 연인의 숨결로서 ‘내 입에도 꽃’처럼 해당화 피어 ‘해변의 울음’으로 살아난다.

오
세
영

1942~

젊은 날엔 저 멀리 푸른 하늘이
가슴 설레도록 좋았으나
지금은 내 사는 곳 흙의 향기가
온몸 가득히 황홀케 한다.

그때 그 눈부신 햇살 아래선
보이지 않던 들꽃이여.

흙냄새 아련하게 그리워짐은
내 육신 흙 되는 날 가까운 탓.
들꽃 애틋하게 사랑스럼은
내 영혼 이슬 되기 가까운 탓.

늙음은 젊음이 모방할 수 없는 기록과, 젊음으로 형언할 수 없는 흔적들이 주름져 있다. 그 밑줄 안에는 젊은 날에 저 멀리 바라본 '푸른 하늘'이 들어 있고, 푸른 하늘 속에는 '가슴 설레도록' 좋았던 '청년의 이상'이 새겨져 있다. 그러한 꿈같은 시간들을 지나 온 '지금은' 다른 곳이 아닌 가까운 곳에서 삶의 의미를 발견하려고 한다. 어디서나 볼 수 있는 들꽃에서 아름다움을 찾아내듯 '내 사는 곳 흙의 향기'를 '온몸 가득히' 맡을 수 있는 지혜로운 황홀감이 바로 그것이다. 반면 혈기로 채워진 '그때 그 눈부신 햇살 아래선 보이지 않던 들꽃'처럼 늙음이란 '내 육신 흙 되는 날 가까운'데를 더듬는 성찰이자, 젊은 날의 자기반성이 되는 것이다. '들꽃'이 애틋하게 사랑스러운 것은, 인생이란 그렇게 세상이란 들판에 잠시 이슬처럼 맺혔다 가는 것과 다르지 않기 때문에.

셋째날
歡

치
자
꽃

유
치
환

1908~1967

저녁 으스름 속의 치자꽃 모양
아득한 기억 속 안으로
또렷이 또렷이 살아있는 네 모습
그리고 그 너머로
뒷산 마루에 둘이 앉아 바라보던
저물어가는 고향의 슬프디슬픈 해안통海岸通의
곡마단의 깃발이 보이고 천막이 보이고
그리고 너는 나의, 나는 너의 눈과 눈을
저녁 으스름 속의 치자꽃 모양
언제까지나 언제까지나 이렇게 지켜만 있는가

●   기억은 시간과 속도 없이 찾아온다. 망각의 시간을 건너온 기억의 파편들은 무의식 속에서 한송이 꽃이 피어나듯 펼쳐진다. 6월에 피는 '치자꽃 모양' 같이 '저녁 어스름 속살'을 보이면서 '아득한 기억 속 안으로' 우리를 안내한다. 그럴 때면 청결, 순결, 행복, 즐거움의 꽃말을 가진 치자꽃처럼 한없이 행복했던 한 때를 추억하며 "또렷이 또렷이 살아있는 네 모습"이라는 '그 너머로' 생각의 퍼즐이 맞춰진다. 그것은 무릇 떠날수록 떠날 수 없는 "너는 나의, 나는 너의 눈과 눈을" 마주치며 "뒷산 마루에 둘이 앉아 바라보던" 치자꽃 피던 고향의 하늘. "언제까지나 언제까지나 이렇게 지켜만 있는가" 하얗게 추억을 내민 꽃잎은 그렇게 저녁을 물들이며 고향의 향수에 젖게 한다.

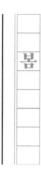

봄

윤 동 주

1917~1945

봄이 혈관 속에 시내처럼 흘러
돌, 돌, 시내 가차운 언덕에
개나리, 진달래, 노오란 배추꽃

삼동三冬을 참아온 나는
풀포기처럼 피어난다.

즐거운 종달새야
어느 이랑에서 즐거웁게 솟아라.

푸르른 하늘은
아른아른 높기도 한데…

겨울의 석 달을 삼동이라고 하듯이 인생의 삼동이 있다면 고독, 고생, 고통의 삼고라고 할 수 있다. 이 삼고를 이긴 자만이 봄이 피어올린 '개나리, 진달래, 노오란 배추꽃' 등 '삼동의 꽃'을 볼 수 있다. 강한 자가 살아남는 것이 아니라 살아남은 자가 강한 것이 인생인 것같이 삼고를 지나온 당신도 한 송이 꽃이던가. 그렇다. "삼동三冬을 참아온" 당신에게 '풀포기처럼 피어나는' '삼고의 들녘'을 보면 "혈관 속에 시내처럼 흘러"온 강한 생명력을 발견하게 된다. 이제 묵정밭에 이랑을 내고, 물이 스며들면 푸르른 하늘이 아른아른 높아 가듯 그 만큼 일궈야 하는 삶이라는 텃밭도 푸르러지리니.

이
건
청

1942~

진흙 밭에 빠진 날, 힘들고 지친 날
눈도 흐리고, 귀도 막혀서
그만 자리에 눕고 싶은 날
연꽃 보러 가자, 연꽃 밭의 연꽃들이
진흙 속에서 밀어 올린 꽃 보러 가자,
흐린 세상에 퍼지는 연꽃 향기 만나러 가자,
연꽃 밭으로 가자, 연꽃 보러 가자
어두운 세상 밝혀 올리는 연꽃 되러 가자.
연 잎 위를 구르는 이슬 만나러 가자,
세상 진심만 쌓고 쌓아 이슬 되러 가자,
이슬 되러 가자,
눈도 흐리고, 귀도 막혀서
자리에 눕고만 싶은 날

한편의 시가 마음을 움직인다는 것은, 감각과 지각의 차원을 넘어 행동하는데 있다. 인지심리학에서 말하는 인지, 감정, 의지와 같이 느끼고 자각하는 것에서 거치지 않고 행위를 보였을 때 비로소 완성되는 것. 우리의 감정을 쉽게 자극하는 시일수록 정서에 와닿는 속도가 빠르게 작동하는데, 오래 남고 많이 회자되는 시들의 공통점도 이 서정성을 바탕으로 한다. 일생에서 경험하게 되는 '진흙 밭에 빠진 날, 힘들고 지친 날 눈도 흐리고, 귀도 막혀서 그만 자리에 눕고 싶은 날'은 감각으로 이루어지며, '연꽃 보러 가자, 연꽃 밭의 연꽃들이 진흙 속에서 밀어 올린 꽃 보러 가자, 흐린 세상에 퍼지는 연꽃 향기 만나러 가자, 연꽃 밭으로 가자, 연꽃 보러 가자'는 지각으로 생겨나는 것. 이와 다르게 '어두운 세상 밝혀 올리는 연꽃 되러 가자. 세상 진심만 쌓고 쌓아 이슬 되러 가자, 이슬 되러 가자'는 목적을 향한 실천적인 것이 되는 것으로써 그러한 의지를 보이는 것이다. '눈도 흐리고, 귀도 막혀서 자리에 눕고만 싶은 날'을 살고 있는 당신도 한편의 시를 통해 마음을 움직일 수 있다면.

조
정
권

1949~2017

십삼 촉보다 어두운 가슴을 안고 사는 이 꽃을
고사모사高士慕師 꽃이라 부르기를 청하옵니다
뜻이 높은 선비는
제 스승을 홀로 사모한다는 뜻이오나
함부로 절을 하고 엎드리는
다른 무리와 달리, 이 꽃은
제 뜻을 높이되
익으면 익을수록
머리를 수그리는 꽃이옵니다
눈 감고 사는 이 꽃은
여기저기 모여 피기를 꺼려
저 혼자 한구석을 찾아
구석을 비로소 구석다운 분위기로 이루게 하는
고사모사 꽃이옵니다

늦은 가을까지 개화하는 코스모스의 꽃말은 순정이다. 코스모스는 꽃이 지는 계절에 사람만한 키로 허공을 들어 올리는 꽃. 그것도 들길에 '십삼 촉보다' 엷은 빛깔로 하늘을 채색하면서 '뜻이 높은 선비'처럼 꼿꼿하게 서 있다. 자연스럽게 멈춰서 '함부로 절을 하지도 엎드리지' 않으며 그렇다고 바람을 피하지도, 햇살을 거부하지도 않는다. 이러한 꽃을 보기 위해 우리는 들길로 나서야 한다. 눈 감고 사는 이 꽃이 눈 뜨고 사는 우리를 불러내는 것은, 안간힘을 다해 살고 있는 당신 웃음을 돌려주고 싶은 것. '저 혼자 한구석' 무리 속에서 외롭게 사는 당신과 그렇게 피어나는 꽃의 거리. 그러나 코스모스는 '제 뜻을 높이되 익으면 익을수록 머리를 수그리고' 당신에게 소곤대며 그 소리에 웃고 있질 않던가. 그런 당신이 찾아온 발걸음에 가느린 입술 파르르 반겨 주고 싶은 순정으로.

꽃
나
무

이
상

1910~1937

벌판한복판에 꽃나무하나가있소. 근처에는꽃나무가하나도
없소 꽃나무는제가생각하는꽃나무를 열심으로 생각하는 것
처럼 열심으로 꽃을피워가지고 섰소. 꽃나무는제가생각하
는꽃나무에게갈수없소. 나는막달아났소 한꽃나무를위하여
그러는것처럼 나는참그런이상스러운 흉내를내었소

　　　　　　　　　　　　　사회 전체나 모든 인류
를 특정할 때, 거시적으로 쓰이는 용어가 세계다. 세계는 너무나 크
고 방대해서 그 깊이와 넓이의 정도를 감지하지 못하여 추상적으로
생겨난 테제라고 할 수 있다. 이 영역을 수사적으로 말할 때 '벌판'
이라고 한다면, 누구나 세상이라는 '벌판한복판'에 사는 것이며, 언
젠가 비, 바람 속에서 소멸될지 모르는 연약한 '꽃나무하나'에 불과
한 것이다. 이 고독한 근원에의 삶을 대신 살아줄 수 없듯이, 자신을
닮은 꽃나무(사람)가 많더라도 당신을 대리할 수 있는 "꽃나무가하
나도없소"라고 성찰하게 된다. 벌판 한복판에 버려진 인생은 스스
로 짊어질 수밖에 없는, 가시밭길 속에 피어난 '꽃나무 십자가'인바,
자신을 위하여 '열심으로 생각'하고 '열심으로 꽃을 피워가지고' 산
다. 그러나 나라는 '꽃나무'가 타자라는 '꽃나무'에게 다가가면 갈수
록 그 '꽃나무는' 당신이 '생각하는꽃나무'가 아니기에 멀어지는 것
은 당연하다. 우리가 사는 살벌한 벌판 중심에 자신이 있다는 생각
은, 달리 말하자면 자신을 제외한 모든 '중심축'이 세계라는 점에서
이제 "이상스러운 흉내" 보다는 당신의 빛깔과 향기에 맞는 고유한
꽃을 피우시길.

마음의 꽃

이상화

1901~1943

오늘을 넘어선 가리지 마라!
슬픔이든, 기쁨이든, 무엇이든,
오는 때를 보려는 미리의 근심도

아, 침묵을 품은 사람아, 목을 열어라,
우리는 아무래도 가고는 말 나그넬러라,
젊음의 어둔 온천에 입을 적셔라.

춤 추어라, 오늘만의 젖가슴에서,
사람아, 앞뒤를 헤매지 말고
짓태워 버려라!
끄슬려 버려라!
오늘의 생명은 오늘의 끝까지만

아, 밤이 어두워오도다!
사람은 헛것일러라,
때는 지나가다,
울음의 먼 길 모르는 사이로

우리의 가슴 복판에 숨어 사는
열푸른 마음의 꽃아 피어 버리라.
우리는 오늘을 지리며, 먼 길 가는 나근넬러라.

●   저무는 한해는 오늘이
라는 하루가 쌓여 있게 한 것이니. 뒤돌아 보면 무엇이 남아있는가.
타다만 불씨조차 없는 지난날들은 지나가라고 있는 것. 오늘을 잘
살지 못한 죄만 검게 그을린 재처럼 마음 한곳 차지하고 있다. 따라
서 "오늘을 넘어선 가리지 마라!"라는 전언은 내일이 아닌 오늘만
을 위한 오늘에 "슬픔이든, 기쁨이든, 무엇이든" 성실하게 보내야 한
다는 것. 오늘은 오늘로서 '오는 때' 없이 끝이나 듯, 우리는 하루를
사는 나그네 일 수밖에 없다. 오늘이라는 하루를 누구도 먼저 와 본
사실이 없기에. 또한 오늘은 언제나 늙지 않는 젊음을 가지고 있으
므로 '오늘만의 젖가슴에서' 근심일랑 "짓태워 버려라! 끄슬려 버려
라!" "오늘의 생명은" 길지 못하여 "오늘의 끝까지만" 있기에. "우리
의 가슴 복판에 숨어 사는" 열정이 있는 자여! '지금' 거기서 "마음
의 꽃"을 피워라. 우린 모두 내일을 모르는 나그네 인 것을.

이
영
도

1916~1976

사바娑婆도 고쳐 보면
이리도 고운 것을

유두流頭 달빛이
연연히 내리는 이 밤

꽃송이
곱게 떠오른
연蓮못 가로 나오라.

●   사바는 불교에서 괴로움
이 많은 인간 세계를 일컫는다. 진흙같이 질척질척한 곳에서 피어
나는 연꽃은 "사바娑婆도 고쳐 보면/이리도 고운 것을" 모르는 인
간 세계를 역설적으로 형상화하는 '사유에의 꽃'이다. 또한 순결, 청
순한 마음이라는 꽃말을 가지고, 음력 유월 보름인 '유두流頭 달빛'
아래에서 홍색 또는 백색으로 개화한다. 꽃줄기 끝에 한 개씩 매단
꽃잎은 달걀을 거꾸로 세운 모양이며, 수술은 여러 개다. 세속의 온
갖 번뇌를 지우지 못하고 잠든 사이 "연연히 내리는 이 밤" 진흙 속
에서도 물들지 않고 연꽃을 피운다. 그 사이 연꽃은 욕망의 사슬
에 갇혀 벗어나지 못하는 당신을 일깨우고 있다. 잠든 자 죽은 것
이니, 깨어있는 자 "꽃송이/곱게 떠오른/연蓮못 가로 나오라." 거기
에 당신 마음속에 '있는 것'과 '있어야 할 것'을 밖에서 그윽하게 안
으로 가르친다.

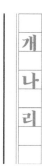
개나리

이
은
상

1903~1982

매화꽃 졌다 하신
편지를 받자옵고
개나리 한창이란
대답을 써보냈소
둘이 다
'봄'이란 말은
차마 쓰기 어려워서

●　　　　　　　　　　　　　　　　　우리의 삶에서 봄은 자
연과 인생에 관한 중의적 의미로 유통된다. 계절에서 오는 봄은 자
연적인 것이며 주기적인 것이지만 인생의 봄은 물리적인 것으로 비
규칙적으로 나타난다. 그러므로 자연의 봄과 달리 인생의 봄날이
예고 없이 찾아오며 예측불허 한 속도로 지나간다. 자연의 봄이 시
작되고 있는 지금, 당신 생애의 봄날도 펼쳐지고 있는가. 이 시에서
봄은 두 가지 관점으로 전개되고 있는데, '매화꽃 졌다는 발신자의
편지를 받고, 수신자가 개나리가 한창이라고 답신'을 한 것이 '자연
의 봄날'이라고 한다면, 발신자와 수신자 모두 "봄'이란 말은 차마
쓰기 어려웠다"는 정서에서 발화되는 인생의 봄날을 말하는 것. 자
연의 봄이 개시되고 있더라도 자신의 내면이 아직 얼어붙은 겨울에
머물러있다면 화려한 봄도 잔인하게 비춰질 수 있는 법. 바야흐로
이 봄날, 봄이 오지 않은 주변인을 돌아보라. 그리하면 한줄기 햇빛
같은 당신이 진정으로 봄이 될 수 있으리니.

넷째날
喜

석
류
꽃

이
해
인

1945~

지울 수 없는
사랑의 화인火印
가슴에 찍혀

오늘도
달아오른
붉은 석류꽃

황홀하여라
끌 수 없는
사랑

초록의 잎새마다
불을 붙이며
꽃으로 타고 있네

　　　　　　　　　　　　　　　6월에 개화하는 석류꽃은 붉은색, 주황색, 백색, 노란색 등 석류나무마다 다양하게 펼쳐진다. 석류는 다소곳하고 경건하게 피어난 꽃을 보아 깨끗함과 인자함의 상징으로 통하고, 빽빽하게 들어찬 열매를 보아 다산과 풍요로움의 상징으로 여겨왔다. 석류꽃의 꽃말은 '원숙한 아름다움'이지만 석류 열매에서 석류는 껍질을 깨고 나온 알갱이들의 모습이 조금 모자란 듯이 보이는 사람이 이를 드러내놓고 히죽거리는 것과 비슷하다고 해서 '바보'와 '어리숙함'이라는 꽃말도 함께 가진다. 사랑도 원숙해지면 가슴에 지울 수 없는 낙인 하나 주홍글씨처럼 찍히듯이. 달아오른 붉은 사랑은 너무나 황홀하여 끌 수도 없다. 그러기에 그 열매는 바보같이 울퉁불퉁 한 얼굴을 내밀면서 웃고 있지 않던가. 사랑도 짙어갈수록 석류꽃같이 '초록의 잎새마다 불을 붙이며' 어리숙하게 익어가면서 완성되어 가는 것과 같다.

은자의 꽃

최
동
호

1948~

안개 일으키는 산바람
구름 띄운 하늘 저어가다
이슬 맺힌 눈물꽃

흔들리는 한해살이풀
어디선가 누구를 향해
피는 줄도 모르고

은은한 산자락
내려앉은 그림자 드리우고
평생 한구석을 지키며

이름짓지 않는 사람이 실문 닫고
한 칸 어둠 속에서 내다보는 세상살이
은자의 꽃

　　　　　　　　　　　　　　　　세상의 모든 명예와 물욕을 내려놓은 사람은 어떠한가. 그 사람은 더 이상 욕망을 충족시키지 않으며, 좀처럼 욕심을 가동시키지 않는다. 이같이 탐욕을 버리고 초야에 묻혀 사는 그런 사람을 은인隱人이라고 한다. '은자의 꽃' 역시 은인이 흐트러짐 없이 피워낸 '무위의 꽃'으로서 실재 꽃이 아닌 속물적인 본성을 버린 '마음 꽃'이다. 그것은 사람의 숲에서 '이슬 맺힌 눈물꽃'으로 고독하게, 은둔자의 '흔들리는 한해살이풀'처럼 '어디선가 누구를 향해 피는 줄도' 모르게 피어있다. 요컨대 '은은한 산자락'에서 어느 누구의 관습 없이 '내려앉은 그림자 드리우고' 그렇게 '평생 한구석을 지키며' 서 있다. 또한 '이름'도 없이 귀를 닫은 '실문'처럼 있기에 '은자의 꽃'은 복잡한 '세상살이' 가운데 '한 칸 어둠 속에서'도 세계를 볼 수 있으며, 허공 속에서 허공을 감각할 수 있는 것이다.

조
태
일

1941~1999

꽃들, 바람을 가지고 논다

꽃들, 줄기에 꼼짝 못하게 매달렸어도
바람들을 잘도 가지고 논다.

아빠꽃 엄마꽃 형꽃 누나꽃 따라
아기꽃 동생꽃 쌍둥이꽃
바람들을 잘도 가지고 논다.

바다에서 파도를 일으키며 놀던 바람도
산속에서 바윗덩이를 토닥이며 놀던 바람도
공중에서 날짐승을 날게 하던 바람도

꽃들 앞에선 오금을 쓰지 못한다.
꽃들 앞에선 그 형체까지를 잃는다.

팔다리 몸통 줄기에 붙들렸어도
그 자태만으로 바람의 팔다리를 묶으며
그 향기만으로 바람의 형체를 지우며

잘도 가지고 논다.
잘도 달래며 논다.

●　　　　　　　　　　　　　오래 기억되는 시일수록
사람들을 놀라게 한다. 이런 시는 기존의 상식을 깨뜨리고 고정된
의미를 변화시켜 새롭게 만든다. 우리가 아는 한, '바람'은 불어오는
것이며, 바람을 맞이하는 사물의 움직임을 통해 그것의 방향과 세
기를 감지한다. 그런데 이미 구축된 바람에 관한 인식을 "꽃들, 줄
기에 꼼짝 못하게 매달렸어도/바람들을 잘도 가지고 논다."라고 함
으로써 우리는 바람을 낯설게 보게 되는 것. 이제 바람이 주체가 아
니라, 꽃이 주체가 되는바, 바람이 꽃을 움직이는 것이 아니라 꽃이
바람을 움직이는 것이 된다. 그렇다면 '바다', '산속', '공중'을 가지고
놀던 거대한 바람이라는 존재는 '꽃들 앞에선 오금을 쓰지' 못하고
'그 형체까지를 잃어버리는 것' 시는 바로 이러한 역발상을 통해 사
람들의 '팔다리 몸통 줄기에' 붙어 있는 고착된 생각을 해체하는 것
이다. 따라서 시는 기호의 "그 자태만으로" 의미의 "그 향기만으로"
언어가 시작된 이래 변함없이 우리를 "잘도 가지고 논다./잘도 달래
며 논다."라고 할 수 있다.

정
지
용

1905~?

가을 볕 째앵 하게
내려 쪼이는 잔디밭.

함빡 피여난 따알리아.
한낮에 함빡 핀 따알리아.

시약시야, 네 살빛도
익을 대로 익었구나.

젖가슴과 부끄럼성이
익을 대로 익었구나.

시약시야, 순하디순하여다오.
암사심처럼 뛰여 다녀 보아라.

물오리 떠돌아다니는
힌 못물 같은 하늘 밑에,

함빡 피여나온 따알리아.
피다 못해 터저 나오는 따알리아

국화과 여러해살이 풀인 다알리아Dahlia 꽃은 맥시코가 원산지로 스웨덴의 식물학자인 A. Dahl을 기념하기 위해 붙어진 이름이다. 7~11월 사이 개화하는 이 꽃에 얽힌 전설이 전해진다. 영국의 고고학자들이 이집트의 피라미드를 연구하던 중 한 여자 미이라를 발견했는데, 그 손에 꽃 한송이가 있었고 공기와 접촉하는 순간, 그 꽃은 산산조각이 나면서 꽃씨가 되어 떨어졌다. 이를 영국으로 가져와 모종을 했더니 싹이 자라서 꽃이 피었는데, 이 꽃을 재배했던 식물학자 '다알'의 이름을 따서 '다알리아'라고 호명하게 되었다고 한다. 지금 한창 '가을 볕 째앵 하게/내려 쪼이는 잔디밭'에 "함빡 피여난 따알리아"를 보면 살갗이 익을 대로 익은 '색시 젖가슴'처럼 부끄러움도 없이 자태를 드러낸다. '순하디 순한 암사슴'같이 '연못가에 함빡 핀' 물오른 이 꽃의 꽃말은 화려, 우아, 감사 등으로 사람들 입가에서도 피어난다. 누군가에게 화려함으로, 우아함으로, 감사함으로 "피다 못해 터저 나오는" 다알리아를 보면 나는 어떠한 꽃으로 피어나 있는가, 자문하게 된다.

정
수
자

1957~

여고행 버스 안에서 훅 끼친 그 냄새
초경 꿈도 아닌데 몸이 왜 저릿한지
쓸쓸히 되짚어보는
꽃들의 비린 행장行狀

―그때마다 핏자국쯤 웃으면서 치웠거나
―패 하나 못 잡은 채 피박이나 썼거나
―문 닫은 가을 절간에 빈 달만 드높거나

달의 운행 따위 따질 일도 이제 없고
후끈한 열꽃이나 열적게 씻는 녘을
폐閉와 완完, 아슬한 행간
낭화들만 난만해라

　　　　　　　　　　　　　　　사람도 꽃과 같아서 하
나의 뿌리에서 피고 나면 지고 마는 법. 한 몸에서 달이 차고 기울
듯이 한번 시작된 삶은 끝을 향해 가는 것을. 그렇다고 질 것을 대비
해서 피어 있음에 소홀히 말고, 진다고 해서 피어 있음을 부러워 않
음은. 피는 꽃은 지는 꽃을 모르지만 지는 꽃은 피는 것을 알고 있
으니, 문득 '몸이 왜 저릿한지'도 그 몸이 과거로 회귀하는 것이 아니
라 어느 날 '훅 끼친 그 냄새'를 기억하는 것. 당신의 시간을 '쓸쓸히
되짚어보면' 여기서 와서 다른—저기로 가는 것이 아닌 여기서 가
까운—여기로 착석하는 것으로써 '낙화를 읽는 저녁'도 이와 다르
지 않다. 그러므로 "후끈한 열꽃이나 열적게 씻는 녁"에서 '열꽃'으
로 '온전한 열림'은 '완전한 닫힘'이 있기 때문에. 그렇지만 이 가을
열매 맺지 않고 '아슬한 행간' 떨어지는 꽃이라면 그것으로 무결함
은 화려함 속으로.

채송화

조운

1900~?

불볕이 호도독호도독
내려쬐는 담머리에

한올기 채송화
발돋움하고 서서

드높은 하늘을 우러러
빨가장히 피었다.

　　　　　　　　　　　　　　　　　　　한 여름 양지바른 곳에
서 피는 채송화는 흔하게 볼 수 있는 꽃이다. 담벼락이나 산책로에
낮은 자세로 알록달록 수놓는 이 꽃은 볼수록 앙증맞으며, "불볕이
호도독호독" 지나가는 더위 "내려쬐는 담머리에" 고개를 내민 채송
화를 눈높이에 맞춰보며 삐죽삐죽 말을 걸어오기도 한다. 이에 천
진난만과 순진 그리고 가련함이라는 꽃말을 가진 채송화에 얽힌
페르시아 전설이 전해온다. 페르시아에 사치스러운 여왕이 있었는
데, 이 여왕은 보석을 너무 좋아한 나머지 백성들에게 세금도 보석
으로 내라고 할 정도였다. 어느 날 한 노인이 수많은 보석이 담긴 12
개의 상자를 가지고 여왕을 찾아와서, 이 보석 하나가 페르시아 백
성 한 사람의 몫이라고 한다. 그러나 여왕은 상자안의 보석을 모두
차지하기로 했고, 노인이 보석 하나를 줄 때마다 백성 한 사람씩 사
라져 마지막 하나만 남게 된다. 이미 나라에는 백성이 한 명도 없었
음에도 여왕은 망설임 없이 남은 보석을 가지려고 상자를 집어 드
는 순간 보석과 상자가 터지면서 여왕도 함께 사라졌고, 보석들의
파편들이 떨어져 채송화가 되었다는 것이다. 어쩌면 채송화는 욕
심의 굴레 속에 있는 우리에게 "드높은 하늘을 우러러" 살아갈 것
을 "빨가장히" 전언하고 있는 줄 모른다.

한
용
운

1879~1944

당신은 해당화 피기 전에 오신다고 하였습니다
봄은 벌써 늦었습니다.
봄이 오기 전에는 어서 오기를 바랐더니
봄이 오고 보니 너무 일찍 왔나 두려합니다.

철모르는 아이들은 뒷동산에 해당화가 피었다고
다투어 말하기로 듣고도 못 들은 체 하였더니
야속한 봄바람은 나는 꽃을 불어서 경대 위에 놓입니다 그려
시름없이 꽃을 주워서 입술에 대고
'너는 언제 피었니' 하고 물었습니다
꽃은 말도 없이 나의 눈물에 비쳐서 둘도 되고 셋도 됩니다

장미과에 속하는 해당화는 무려 높이가 1.5m 되고, 꽃은 지름 6∼9㎝로 5월에 홍자색으로 개화한다. 봄의 끝에서 피어난 해당화는 그 크기와 빛깔만큼 양귀비꽃처럼 매혹적인 향기가 난다. 그리움, 원망, 미인의 잠결이라는 꽃말을 가진 이 꽃은 오지 않는 누군가를 애타게 기다리다 붉게 피어나는 것이다. "당신은 해당화 피기 전에 오신다고 하였습니다"라는 기다림과 그 뒤에 "야속한 봄바람"에 떨어질 때까지 오지 않는 사랑에 대한 원망이 뒤섞여 있다. 시들어가는 사랑을 생각하며 시든 여인의 입술과 같은 꽃잎에 '너는 언제 피었니'라는 물음은 뒤돌아갈 수 없는 연정을 아프게 물들게 한다. "나의 눈물에 비쳐서 둘도 되고 셋도" 되지만 셋도, 둘도 될 수 없는 혼자만의 '독백의 꽃'이다.

허
영
자

1938~

꽃 피는 날

누구냐 누구냐
또 우리 맘속 설렁줄을
흔드는 이는

석 달 열흘 모진 추위
둘치같이 앉은 혼을
불러내는 손님은

팔난봉이 바람둥이
사낼지라도
문 닫을 수 없는
꽃의 맘이다

한 송이 꽃이 피는 날은 모든 기운이 그 한줄기에 집중되는 순간이다. 충만한 상태에서 터져 나오는 폭죽과 같이 망설임 없이 시선을 사로잡게 하는 힘이 '꽃피는 날'에 있다. 이때 "우리 맘속 설렁줄"은 동화되어 마음을 이쪽에서 저쪽으로 잡아당기듯이 한 송이 꽃에 발길을 멈추게 한다. 응집된 에너지의 결과로서 꽃이 펼쳐지며 그 발산의 원인으로서 다가서게 되는 것. 이는 겨울을 보낸 "석 달 열흘 모진 추위"도 새끼를 낳지 못하는 '둘치 같은 영혼'도 자연스럽게 "불러내는 손님"처럼 잠시 머물면서 추위을 녹여주고, 아픔을 달래준다. 가지각색의 온갖 난봉을 부리지 않지만, 가지각색의 닫힌 마음에 "문 닫을 수 없는" 난봉을 부리고 있는 '꽃의 맘'은 '꽃 피는 날'에 마주할 수 있다.

다섯째날
感

허
영
만

1945~

너를 만나고 온 날
무슨 비밀처럼 발목이 시렸다
너를 만나고 온 날
가로수 먼 나무 열매가 서녘 햇살처럼 붉어
무슨 비밀처럼 눈물이 아렸다
방금 사막을 건너왔는지
바람에게 사각거리는 모래 냄새가 나는 거니
저기 고개를 숙이고 걸어오고 있는
산그늘의 얼굴에서 쓸쓸함이 묻어나는 것도
다 무슨 비밀 하나쯤 있기 때문이 아닐까
너와 나, 서로 차마 말 못할
무슨 비밀 하나 간직하게 된 건 아닐까
꽃아!

●　　　　　　　　　　　　　　　　　　　눈에 보이지 않는 꽃이
있다. 감촉과 색깔 그리고 향기가 있는데도 불구하고 눈에 보이지
않는 꽃. 자신을 숨기고 드러내지 않는 이 꽃은 가슴과 가슴에서 피
어난다. 가령 비밀스러운 가슴에서 서로의 잎사귀를 키우고 꽃대를
세우며 피고 지고 열매를 맺는다. 그렇게 자라는 이 꽃의 정체가 아
무에게도 밝혀지지 않기 때문에 꽃이 될 수 있는 법. 당신이 남몰래
그리는 누군가를 '만나고 온 날' 발길을 돌리기 힘들어서 발목이 시
린 것도, 붉어가는 노을처럼 눈물이 맺히는 것도 꽃대를 울리고 꽃
을 피우고 있기 때문. 그것은 당신과 사막을 건너온 사람과 '사각거
리는 모래 냄새'를 기억하기 때문. "저기 고개를 숙이고 걸어오고 있
는" 당신만이 알고 있는 한 송이 꽃을 보라. '산그늘의 얼굴'을 하고
쓸쓸함이 묻어 있지 않던가. 모두가 사는 것이 '다 무슨 비밀 하나
쯤 있기 때문'이라고 말하는 당신에게서 '비밀의 정원'에 둘러싸인
세상은 본다. '너와 나, 서로 차마 말 못할' 꽃이 거기에 있는 것처럼.

홍
사
성

1951~

바람에
흔들려도
꺾이지는 않더니

흰꽃
피워놓고
어디론가 떠나가네

으악새 울던 사연이 뒤따라 가네

● 늦가을 '이치'에 도달하고 있는 사물을 통해 진리를 발견하고는 한다. 그것은 진리이기 전에 언제나 순환을 거듭하는 진실이며, 거기서 변화하는 것이 변화할 수 없을 때, 진실은 진리의 자리를 잠시 보여준다. 마치 피는 꽃이 지지 않을 수 없듯이, 지는 꽃이 다시 필 수 없듯이. 그러나 끝내 시드는 꽃은 반드시 다시 피어나는 것이 이치이므로, 피었다고 핀 것이 아니며 진다고 지는 것이라고 할 수 없으니. 이 둘은 뫼비우스의 띠처럼 안과 밖, 겉과 속을 구별할 수 없는 곡면의 세계로 이루어진 것과 같다. 이른바 우리 모두 세계라는 비탈길에서, 오늘이라는 어느 능선에서 '바람에 흔들려도 꺾이지' 않으려고 하는 '억새꽃'에 불과한 것일 뿐. 가고 있는 이 가을 돌아갈 수 없을 만큼 너무 멀리 온 당신도 '흰꽃 피워놓고 어디론가 떠나가고' 있지 않던가. 그런 '으악새 울던 사연'은 덤으로 주는 것이 아니라 이 또한 당신으로부터 오고 간 자리일지니.

홍
윤
숙

1925~2015

단 한마디
꽃 중의 꽃 장미라고 불렀을 때
다른 어떤 말도 보태지 않고
그 이름 불렀을 때
그는 다소곳이 꽃잎 갈피갈피 감춘
혼의 향기를
말없이 우리에게 안겨준다
한 다발의 장미 그 혼의 향기를
가슴에 품고 돌아오는 길은
길고 긴 역사의 산정이
우러러 보인다

　　　　　　　　　　　　　　　무엇을 위한다는 것은
그것에 대한 소중함을 기억하고 실천하겠다는 의지적 표명이다. 당
신이 위하는 꽃이 있다면 여러 종의 꽃 중에서 그 꽃을 차별해 낸 것
이며, 다른 꽃들과 분리시켜 당신만의 꽃으로 담고 있는 것. 그것은
꽃에 스며있는, 혹은 겹쳐있는 경험과 시간이 그 안에 머물면서 심
화되어 나타난 것이다. 만약 '꽃 중의 꽃 장미'라고 했을 때, 그 장미
는 이미 당신 가슴을 물들인 추억의 잎사귀를 가슴 속에 매달고 있
는 것 같이. 여름과 맞닿아 있는 오월에 피는 장미는 오월의 슬픈 역
사를 관통하며 피로 물든 시기에 피어난다. '장미를 위하는 것'은 표
층적 장미가 아니라 심층적 장미를 말하는 것으로, 지나간 장미라
는 '그 이름'은 누군가와 잊지 못할 '꽃잎 갈피갈피 감춘' 사연과 사라
진 '혼의 향기'를 지닌다. 이른바 '한 다발의 장미'는 이별한 대상에
대한 '한 다발 가슴 깊이 품고'있는 사랑인바, 한 때 당신이었을 그대
로부터 진동하는 그리움에서 오는 것이다.

황
금
찬

1918~2017

사람아
입이 꽃처럼 고아라
그래야 말도
꽃같이 하리라
사람아.

꽃에게 잎이 있다면 사람에게는 입이 있다. 꽃의 잎과 사람의 입은 각기 다른 모양과 쓰임새를 가지고 있지만 '잎'과 '입'이라는 유사한 음성적 발음을 가진다. 거기에다 한 송이 꽃에 매달린 꽃잎들이 꽃을 꽃답게 보이게 하듯 한 사람 입에서 나오는 말들은 사람의 인격을 결정짓는데 중요한 자질이 된다. 때로는 한 사람의 입이 여러 사람을 살리기도 하지만 여러 사람의 입은 한 사람을 죽이기도 한다. 반대로 여러 사람의 입이 한 사람을 살리기도 하지만 한 사람의 입은 여러 사람을 죽이기도 하는 것. 하나의 입은 말이라는 수없이 많은 표정을 숨기고 주체할 수 없이 열고 닫는다. 말하자면 그 입으로 순간 닫혀 있는 사람의 마음을 열기도 하면서 열려 있는 마음을 닫아 버리게도 한다. 그러한 당신의 입도 양날의 칼날과 같이 이중적인 강한 에너지를 벼리고 있다가 순간적으로 남을 해하지 않았던가. 하여 '입이 꽃처럼' 고울 때 '말도 꽃같이' 될 수 있다는 것을 믿는다면, 말 많은 혹은 말뿐인 당신의 입도 말과 함께 아름다워지겠다.

황
지
우

1952~

나무는 자기 몸으로
나무이다
자기 온몸으로 나무는 나무가 된다
자기 온몸으로 헐벗고 영하 13도
영하 20도 지상에
온몸을 뿌리박고 대가리 쳐들고
무방비의 나목으로 서서
아 벌받은 몸으로, 벌받는 목숨으로 기립하여, 그러나
이게 아닌데 이게 아닌데
온 혼(魂)으로 애타면서 속으로 몸 속으로 불타면서
버티면서 거부하면서 영하에서 영상으로
영상 5도 영상 13도 지상으로
밀고 간다, 막 밀고 올라간다
온몸이 으스러지도록
으스러지도록 부르터지면서
터지면서 자기의 뜨거운 혀로 싹을 내밀고
천천히, 서서히, 문득, 푸른 잎이 되고
푸르른 사월 하늘 들이받으면서
나무는 자기의 온몸으로 나무가 된다
아아, 마침내, 끝끝내
꽃 피는 나무는 자기 몸으로
꽃피는 나무이다

모든 세계는 주변이 아니라 자기로부터 시작되고 소멸된다. 그것도 자신의 몸을 통해 생산되고 성장하며 활동하고 사라지는 것. 우리의 정상적인 삶은 '나무'처럼 끊임없이 자신을 움직이는 가운데 "자기 온몸으로 나무는 나무가" 된다. 어떨 때 '자기 온몸으로 헐벗고 영하 13도 영하 20도 지상에 온몸을 뿌리박고 대가리 쳐들고' 있는 '무방비의 나무'를 보면 그 속에 숨은 '혼'을 감각하게 된다. 인간도 그 중심에는 혼이 있기에 온몸으로 하루를 밀고 가는 것, 그렇지만 '온몸이 으스러지도록, 부르터지도록' 겨울 같은 삶을 살지 않은 삶은, 진정한 의미의 봄을 맞이할 수 있으니. 보아라 "천천히, 서서히, 문득, 푸른 잎이 되고"하는 것은 그 안에 상처가 꽃씨가 되고 꽃씨가 '꽃피는 나무'로 자기 몸을 피워낸 것, "아아, 마침내, 끝끝내" 혼이 꽃씨로서 개화할 수 있는 이치가 거기에 있다.

공광규

1960~

꽃잎 한 장 수면에 떨어져
작은 파문이 일고 있다

파문이 물별을 만들고 있다

꽃잎이 없다면
파문이 없다면

아름다운 물별을 볼 수 없을 것이다

꽃잎 한 장 받는 것은
가슴에 파문이 이는 일

몸에 물별이 뜨는 일

새로운 언어를 구축하는 시인은 만물들에게 그 본질에 맞는 이름을 나름대로의 방식으로 호명한다. 여기서 '물별'은 사물 그 자체의 드러냄을 의미하는 것으로 새롭게 발견한 것이 아니라 기존에 있던 사물에 새로운 언어를 주입한 것, "꽃잎 한 장 수면에 떨어져/작은 파문이 일고" 있는 사물의 이미지를 '물별'이라는 시어로 교환하며 교감하게 된다. 이미 오래전부터 '꽃잎의 작은 파문'은 드러나 왔으나, 그 장면을 '물별'으로 명명되는 순간 언어적 '파문이 물별을 만들고' 물별은 존재로서 그 실체성을 가진다. 이렇듯 '꽃잎이 없다면' 파문도 없을 것이며, '파문이 없다면' 꽃잎도 없는 것처럼 서로가 아무런 의미를 가지지 못한다. 그러나 한편의 '아름다운 물별을 볼 수' 있다는 것은, 파문이 이는 '꽃잎'에게 새로운 이름을 붙어준다는 점에서 하나의 사건이 아닐 수 없다. 당신의 이름을 누군가가 부를 때 그 입술에서 떨리는 것 또한 '꽃잎 한 장 받는 것' 일지니, '가슴에 파문이 이는 일'이 아니겠는가. 오늘도 그리움에 잦아드는 이름 일수록 '몸에 물별이 뜨는 일'로 당신의 가슴에서 파문이 인다.

풀꽃과 더불어

아파트 베란다
난초가 죽고 난 화분에
잡초가 제풀에 돋아서
흰 고물 같은 꽃을 피웠다.

저 미미한 풀 한 포기가
영원 속의 이 시간을 차지하여
무한 속의 이 공간을 차지하여
한 떨기 꽃을 피웠다는 사실이
생각하면 할수록
신기하기 그지없다.

하기사 나란 존재가 역시
영원 속의 이 공간을 차지하며
무한 속의 이 공간을 차지하며
저 풀꽃과 마주한다는 사실도
생각하면 생각할수록
오묘하기 그지없다.

곰곰 그 일들을 생각하다 나는
그만 나란 존재에서 벗어나
그 풀꽃과 더불어

영원과 무한의 한 표현으로
영원과 무한의 한 부분으로
영원과 무한의 한 사랑으로

이제 여기 존재한다.

●   존재하는 것들의 존재방
식을 환원한다면 시—공간으로 파악할 수도 있다. '나'란 누군가 있
었던 자리에 잠시 머물렀다 돌아가기에 '지금—여기'는 살아있음을
알리는 표상이 된다. '난초가 죽고 난 화분'에서 또 다른 '잡초가 제
풀에 돋아' 나듯이, "나란 존재가 역시" '영원 속의 이 시간'과 '무한
속의 이 공간'을 임차하고 '흰 고물 같은 꽃'을 피워 올리고 있는 것.
그러나 쓸모없이 보이는 '풀꽃'도 누군가에게는 기쁨과 희망으로서
쓸데 있게 다가가듯이, 자아를 찾는 것도 이처럼 유의미한 원리로
작동된다. 길가에 홀로 핀 풀꽃을 마주하고 생각이 생각 속으로 이
어질 때 '그만 나란 존재에서 벗어나' 나는 사라지고 그 자리에 '풀
꽃'만 남게 되는 것과 다르지 않다. '영원과 무한 사이'에서 살아있음
을 증명할 '한 표현'이 있다면 '한 부분'을 인정하고 '한 사랑'을 전하
는 것이다. 그러므로 쓸데없이 쓸모 있는 척하는, 당신도 '이제 여기'
진정으로 존재하게 되리니.

여섯째날
幸

국화가 피는 것은

바람 차가운 날
국화가 피는 것은,
한 잎 한 잎 꽃잎을 필 때마다
품고 있던 향기 날실로 뽑아
바람의 가닥에 엮어 보내는 것은,
생의 희망을 접고 떠도는 별들
불러모으기 위함이다
그 여린 날갯짓에
한 모금의 달콤한 기억을
남겨 주려는 이유에서이다
그리하여 마당 한편에
햇빛처럼 밝은 꽃들이 피어
지금은 윙윙거리는 저 소리들로
다시 살아 오르는 오후,
저마다 누런 잎을 접으면서도
억척스럽게 국화가 피는 것은
아직 접어서는 안 될
작은 날개들이 저마다의 가슴에
움트고 있기 때문이다

●　　　　　　　　　　　　　　가을에 서리를 맞아
도 꺾이지 않는 국화의 꽃말은 '실연'이다. 사랑에 실패한 경험을 말
하는 실연은 사랑을 잃고 난 후의 여진으로 아픔의 진동을 동반한
다. 그러한 상심이 가을 국화와 잘 어울리는 것은, 바로 "바람 차가
운 날"을 맞이하고 있다는 것. 이 역시 바람처럼 지나가는 순간에
불과하지만, 그것을 견디는 힘은 추억의 '작은 날개들이 저마다의
가슴에'서 비롯된다. 이를테면 한 모금의 달콤한 기억을 마당 한편
에 국화꽃처럼 피워놓고 "다시 살아 오르는 오후"의 아련한 그리움
을 회상한다. 어느 가을날 그리움의 꽃이 "한 잎 한 잎 꽃잎을 필 때
마다" 추억의 사진이 펼쳐지는 것은 가슴 속에 "품고 있던 향기 날
실"이 퍼즐을 맞추고 있는 것. 보아라 '저마다 누런 잎을 접으면서
도 억척스럽게 국화가 피는 것은 아직 접어서는 안 될' 그 무언가 있
기 때문인 것처럼. 당신 마음 깊은 곳을 "남겨 주려는 이유에서" 그
러한 사랑이 "그 여린 날갯짓"으로 가을에 개화하는 것이다.

김
경
주

1976~

퇴근한 여공들 다닥다닥 세워 둔
차디찬 자전거 열쇠 풀고 있다
창 밖으로 흰쌀 같은 함박눈이 내리면
야근 중인 가발 공장 여공들은
틈만 나면 담을 뛰어넘어 공중전화로 달려간다
수첩 속 눈송이 하나씩 꾹꾹 누른다
치열(齒列)이 고르지 못한 이빨일수록 환하게 출렁이고
조립식 벽 틈으로 스며 들어온 바람
흐린 백열등 속에도 눈은 수북이 쌓인다
오래 된 번호의 순들을 툭툭 털어
수화기에 언 귀를 바짝 갖다 대면
손톱처럼 앗! 하고 잘려 나 갔던 첫사랑이며
서랍 속 손수건에 싸둔 어머니의 보청기까지
수화기를 타고 전해 오는 또박또박한 신호음
가슴에 고스란히 박혀 들어온다
작업반장 장씨가 챙챙 골목마다 체인 소리를
피워 놓고 사라지면 여공들은 흰 면 장갑 벗는다
시린 손끝에 보푸라기 일어나 있다
상처가 지나간 자리마다 뿌리내린 실밥들 삐뚤삐뚤하다
졸린 눈빛이 심다만 수북한 머리칼 위로 뿌옇다
밤새도록 미싱 아래서 가위, 바위, 보

순서를 정한 통화 한 송이씩 피었다 진다
라디오의 잡음이 싱싱하다

● 　　　　　　　　　　　　　　눈이 어디든지 내리듯이
꽃도 어디서나 핀다. 정해진 장소 없는 그곳이 꽃 피는 자리다. 우리
는 바로 그곳에서 서로 소통하며 꽃을 피우며 살고 있다. 통신은 이
러한 소통을 가능하게 했던 것으로, 전화기가 귀했던 시절 공중전
화에서 가까운 사람들과 대화의 꽃을 피우곤 했다. 특히 "야근 중
인 가발 공장 여공들"에게는 유일한 통신 수단이었던 빨간 공중전
화기는 순식간에 '마음의 서신'을 배달하는 '감정 우체국'이었을 것
이다. 거기서 '첫사랑' '어머니'와 같은 그리운 얼굴들이 '수화기를 타
고 전해 오는 또박또박한 신호음으로 가슴에' 새겨지고. 그 힘으로
버틸 수 있었던 청춘의 날들이었을 터. "가위, 바위, 보" 이긴 자도 진
자도 없는 그곳에서 우리는 '라디오의 싱싱한 잡음'처럼 '통화 한 송
이씩 피었다가' 지는 '꽃 피는 공중전화'를 하나씩 나누어 가졌을 뿐.

김
광
균

1914~1993

여기 호올로 핀 들꽃이 있어
자욱-히 나리는 안개에
잎사귀마다 초라한 등불을 달다

아련히 번지는 노을 저쪽에
소리도 없이 퍼붓는 어둠
먼-종소리 꽃잎에 지다
아 저무는 들가에 소복히 핀 꽃
이는 떠나간 네 넋의 슬픈 모습이기에
지나던 발길 절로 멈추어
한 줄기 눈물 가슴을 적시다

조화弔花는 고인에게 조의를 표하는 꽃으로써 삶의 한 가운데에서 죽음으로 가는 길목에 서 있다. 한번 가면 돌아오지 못하는 죽음의 초입에서 사계절 동안 하얀 옷을 입고 있는, 조화는 한 생명이 왔던 '순백의 시간'을 펼친다. 그리고 누구도 가로질러 갈 수 없는 죽음 앞에서 고개 숙여 애도하는 사람들을 맞이한다. 거기에서 인간은 세계라는 들판에서 '여기 호올로 핀 들꽃'처럼 내일이라는 미지의 '자욱-히 나리는 안개' 속에서 언제 꺼질 줄 모르는 '초라한 등불' 하나 달고 있는 생명체일 뿐이다. 이 순간도 '아련히 번지는 노을 저쪽에 소리 없이 퍼붓는 어둠'이 있다면, 그것은 '먼-종소리 꽃잎에' 지고 있는 누군가의 목숨 인 것. "아 저무는 들가에 소복히 핀 꽃"을 보라. 그렇게 떠나간 이들의 '넋'이 슬프게 피어있지 아니한가. 이 봄날, 가슴에 묻은 사람들이 잊지 못해 하얀 그리움으로 당신을 찾아온 것이니.

김
광
섭

1905~1977

꽃은 영감 속에 피며
마음을 따라다닌다
사람이 외로우면
사람과 한방에 같이 살면서 외롭고
사람이 슬프면
사람과 같이 가면서 슬프다
이런 꽃은 꽃 속에 꽃이 있고
사랑이 있고 하늘이 있지만
그 이야기를 함부로 하지도 않고
누구에게나 그 속을 좀처럼 보이지도 않는다

우리 마음속에 자신을 닮은 꽃나무 한그루씩 있다. 그 꽃은 누구에게나 피어 있는, 피어나고 있는, 언제 필줄 모르는, 사람마다 다른 모양과 빛깔과 향기를 가졌다. 그렇지만 그 꽃의 봉오리가 가슴 속에 있어서 눈으로 볼 수도 만질 수도 없지만 느낄 수 있는, "꽃은 영감 속에 피며/마음을 따라다닌다" 이처럼 마음을 떠나서 살 수 없는 '마음 꽃방'을 가만히 들여다보면 외로울 때 같이 외롭고, 슬플 때 함께 슬퍼한다는 것을 탐미할 수 있다. 외롭고 슬픈 이들에게 꽃이 된다는 것 또한 이와 다르지 않겠는가. 그런 당신이라는 "꽃은 꽃 속에 꽃이 있고" 꽃 밖으로 몸을 내민 '꽃 중의 꽃'이 되며 '사랑'과 '하늘'을 품고 있다. 그럴수록 "그 이야기를 함부로 하지도 않고/누구에게나 그 속을 좀처럼 보이지도 않는다"는 점에서 사람이 꽃보다 아름다울 수 있게 된다.

김
상
옥

1920~2004

비 오자 장독대에 봉선화 반만 벌어
해마다 피는 꽃을 나만 두고 볼 것인가
세세한 사연을 적어 누님께로 보내자

누님이 편지 보며 하마 울까 웃으실까
눈앞에 삼삼이는 고향집을 그리시고
손톱에 꽃물들이던 그날 생각하시리

양지에 마주 앉아 실로 찬찬 매어 주던
하얀 손 가락가락이 연붉은 그 손톱을
지금은 꿈속에 본 듯 힘줄만이 서노나.

봉숭아라고도 불리는 봉선화는 4~5월에 씨를 뿌리면 6월에 꽃이 피기 시작한다. 이 꽃은 우리 민족과 친숙한 꽃으로 대대로 손톱을 물들이는데 사용해 왔다. 붉게 물들인 손톱이 그 해 첫눈 오기 전까지 남아 있으면 첫사랑이 이루어진다는 속설이 있을 정도로 순정을 표상하기도 한다. 사람마다 봉선화에 관한 '세세한 사연'들을 모두 펼칠 수는 없지만 저마다 '손톱에 꽃물들이던 그날 생각' 하나쯤 있을 것이다. "하얀 손가락가락이 연붉은 그 손톱"이 사라질까 두려웠던 기억들은 '나를 건드리지 마세요'라는 봉선화의 꽃말과 같은 순애보가 아닐 수 없다. 비록 한여름 '양지에 마주 앉아 실로 찬찬 매어 주던' 꽃물은 지워지고 없지만 봉선화 피는 6월이 되면 그 생각 속에서 당신의 첫사랑도 '힘줄'같이 선명하게 살아난다.

꽃들의 제사

김승희

1952~

어떤 그리움이 저 달리아 같은 붉은 꽃물결을 피게 하는가
어떤 그리움이 혈관 속에 저 푸른 파도를 울게 하는가
어떤 그리움이 저 흰구름을 밀고 가는가
어떤 그리움이 흘러가는 강물 위에 저 반짝이는
햇빛을 펄떡이게 하는가
어떤 그리움이 끊어진 손톱과 끊어진 손톱을 이어놓는가
어떤 그리움이 저 돌멩이에게 중력을 잊고 뜨게 하는가
어떤 그리움이 시카다 매미에게 17년 동안의
지하 생활을 허하는가
어떤 그리움이 시카다 매미에게 한 여름 대낮의
절명가를 허하는가
어떤 그리움이 저 비행운과 비행운을 맺어주나
지금 파란 하늘을 보는 이 심장은 떨고 있다
불타는 심장은 꽃들의 제사다
이 심장에는 지금 유황의 온천수 같은
뜨거운 김이 모락모락 피어오르고 있는데

　　　　　　　　　　　　　　　　　꽃 피는 자리가 꽃의 무덤이다. 꽃잎이 흩날리고 있다면 그것은 꽃의 장례식을 치르고 있는 것. 어디도 가지 않는 애태우던 그리움이 "달리아 같은 붉은 꽃물결을" 떨어트리는 것이다. 매미가 마지막 생애의 노래를 온몸을 떨면서 부르듯이 허물을 벗는 시간은 누구나 알지만 아무도 알지 못하는 순간이다. '불타는 심장'을 가진 그리움같이. 만약 안간힘을 다해 '어떤 그리움' 타오르는 불꽃을 본다면 뒷모습이 남긴 그림자일지니. 그런 그리움은 수없이 주어도 사라지지 않고 오히려 팽창하는 것. '혈관 속에 저 푸른 파도를 울게'하고, '저 흰구름을 밀고 가'고, '흘러가는 강물 위에 저 반짝이는 햇빛을 펄떡이게 하'고, '저 돌멩이에게 중력을 잊고 뜨게 하'고, '저 비행운과 비행운을 맺어' 준다. 당신도 '지금 파란 하늘'가에서 '온천수 같은 뜨거운 김이 모락모락 피어오르고' 있는가. 그것은 가슴 아플수록 뜨거워지는 마지막 기억이 무덤에서 꽃을 피우고 있기 때문이다.

김
현
승

1913~1975

무르익은
과실의 밀도密度와 같이
밤의 내부는 달도록 고요하다.

잠든 내 어린것들의 숨소리는
작은 벌레와 같이
이 고요 속에 파묻히고,

별들은 나와
자연自然의 구조에
질서 있게 못을 박는다.

한 시대 안에는 밤과 같이 해체解體나 분석分析에는
차라리 무디고 어두운 시인들이 산다.
그리하여 토의의 시간이 끝나는 곳에서
밤은 상상으로 저들의 나래를 이끌어 준다.

꽃들은 떨어져 열매 속에
그 화려한 자태를 감추듯⋯⋯

그리하여 시간으로 하여금

새벽을 향하여
이 풍성한 밤의 껍질을
서서히 탈피케 할 줄을 안다.

●   봄에 떨어진 꽃들은 깊
어져 가을에 열매를 수확한다. '달도록 고요한' 그 열매의 내부는
밤과 같이 무르익고 밤과 같이 어둡다. 이때 밤은 '과실'이며 동시
에 '어둠'으로서 시의식을 통해 배태된 양가적 상징물이 된다. 그러
기에 밤은 밤이면서 밤이 아니지만 둘 다 "자연自然의 구조에/질서
있게 못을 박는" 거스르지 못하는 자연의 이치로서 전적으로 그것
을 바라볼 수 있는 시선에 달려있다. 이것은 구조학의 해체 또는 논
리학의 분석으로 이해할 수 없는, 시인의 '무디고 어두운' 밤의 시간
으로서 '상상으로 저들의 나래를 이끌어' 비로소 밤은 밤으로서 관
통하며 밤을 초월할 수 있게 된다. 따라서 "꽃들은 떨어져 열매 속
에" 보이지 않지만 숨겨진 "그 화려한 자태를" 감각할 수 있는 자만
이, 이 가을 "풍성한 밤의 껍질을" 밤바다 벗기며 모든 사물이 비롯
된 '새벽을 향하여' 근원에로 다가설 수 있는 것이다.

일곱째날
穩

나
희
덕

1966~

꽃만 따먹으며 왔다

또옥, 또옥, 손으로 훑은 꽃들로
광주리를 채우고, 사흘도
못 갈 향기에 취해 여기까지 왔다

치명적으로 다치지 않고
허기도 없이 말의 꽃을 꺾었다

시든 나무들은 말한다
어떤 황홀함도, 어떤 비참함도
다시 불러 올 수가 없다고

뿌리를 드러낸 나무 앞에
며칠째 앉아 있다
헛뿌리처럼 남아 있는 몇 마디가 웅성거리고
그 앞을 지나는 발바닥이 아프다

어떤 새도 저 잿빛 나무에 앉지 않는다

꽃이 떨어지기 쉬운 것처럼 말도 더럽혀 지기 쉽다. 바닥에 떨어진 꽃을 붙일 수 없듯이 한 번 뱉은 말은 원래 상태로 돌아가지 못한다. 말은 소통의 기능보다 더 가공할 만 한, 힘을 가지면서 오래토록 기억에 남는다. 했던 말을 번복하더라도 그것은 이전에 한 말이 아니며 되풀이 할수록 왜곡 될 뿐이다. 그만큼 세상을 사는 우리는 말을 통해 생각하고 말로서 움직이며 말로 살아가는데 말처럼 중요한 건 없다. 때로는 '또옥, 또옥, 손으로' 꽃을 따듯 한마디로 따낸 말이 '치명적으로' 흥망성쇠를 가늠하기도 한다. 이처럼 '말의 꽃'은 얼마나 쉬우면서 어려운가. '어떤 황홀함도, 어떤 비참함도 다시 불러 올 수가 없다고' 말하는 모든 꽃이 '시든 나무'를 보라. '꽃의 말' 때문에 시들어갈 '웅성거리는 헛뿌리' 하나 떠오르지 않던가. 그 누구도 어떤 진리도 헛뿌리에서 태어나고 사라진다.

박두진

1916~1998

이는 먼
해와 달의 속삭임
비밀한 울음.

한 번만의 어느 날의
아픈 피 흘림.

먼 별에서 별에로의
길섶 위에 떨궈진
다시는 못 돌이킬
엇갈림의 핏방울.

꺼질 듯
보드라운
황홀한 한 떨기의
아름다운 정적靜寂.

펼치면 일렁이는
사랑의
호심湖心아.

시는 문자──언어로서 시
인의 관념을 형상화한다는 점에서 보이지 않는 시의식이 언어라는
사물의 표피를 입고, 생각의 추상이 기호의 구상으로 전환된 것. 이
를테면 '사랑'이라는 말 자체로 보편성을 획득하지 못하기에 누구나
공감하는 '꽃'으로 표상하고 있다. 저마다 다양한 사랑의 체험에 의
해 사랑의 온도로 정서의 결에 배태되어 있는 바, 이를 효과적으로
드러내는 것 중 하나가 '꽃의 은유'다. 이 시의 각 연 끝에서 볼 수 있
듯이 사랑과의 이별을 말할 때 어느 누구에게는 '속삭임'과 같은 '비
밀한 울음'으로 혼자만이 견뎌왔던 기억에 남아있고, '어느 날' 인가
'아픈 피 흘림' 또는 '엇갈림의 핏방울'처럼 육신이 찢어지는 상처로
기록되어 있으며, '황홀한 한 떨기'를 피워낸 '아름다운 정적'을 통
해 조화롭고 균형 있는 미적인 시간으로도 관철된다. 이처럼 한 결
같이 잊었을 수 없는 내면에 간직하고 있는 사랑을, 감각적으로 전
해 주는 것이 꽃이다. 우리의 무의식을 "펼치면 일렁이는 사랑의 호
심湖心아." 당신의 마음 속 호수 깊은 곳에 고요하게 잠들어 있던 '첫
사랑'의 추억이 춥고 바람 부는, 겨울이면 '꺼질 듯 보드라운' 한 송
이 꽃으로 피어나듯. 시들은 당신 사랑의 은유도 같은 이치다.

난
蘭

박
목
월

1915~1978

이쯤에서 그만 하직下直하고 싶다.
좀 여유가 있는 지금, 양손을 들고
나머지 허락 받은 것을 돌려보냈으면.
여유 있는 하직은
얼마나 아름다우랴.
한 포기 난蘭을 기르듯
애석하게 버린 것에서
조용히 살아나고,
가지를 뻗고,
그리고 그 섭섭한 뜻이
스스로 꽃망울을 이루어
아아
먼 곳에서 그윽이 향기를
머금고 싶다.

인간의 욕심은 있는 것과 있어야 할 것 사이에서 생긴다. 있는 것으로 만족해야 하지만 있는 것 이상, 있기를 바라는 마음에서 욕심은 부피를 채워간다. 가령 욕심은 없음에서 있음을 요구하는 것이 아니라 있음에서 더 있음으로의 충족되지 않는, 탐함이라고 할 수 있다. 욕망이라는 두 글자에 서식하는 욕구와 요구에 관한 양상과 대상은, 지구적이라고 할 만큼 다양하다. 그것은 충족 가능한 생물학적인 기질과 다르게 충족될 수 없는 주체와 주체 사이, 구성원과 구성원의 상호 관계를 매체로 진화하는데, 거기에는 갈등과 분쟁, 불화와 불열 등이 등식처럼 존재한다. 그러나 여기서 벗어나기 위해 "좀 여유가 있는 지금, 양손을 들고" "나머지 허락 받은 것을 돌려보냈으면"하는, 것은 물욕과 작별하는 것이며, 욕망에 하직을 고하는 것과 다르지 않다. 여유가 생기는 그 사이 난초와 같이 '애석하게 버린 것에서 조용히 살아나는' 것은 정신이며, 그 정신은 가지를 뻗고 '스스로 꽃망울'의 고귀함으로 완성할 수 있는 것이다. 그윽이 향기'를 머금고 있는 난초꽃은 분명 무욕이 피워 올린 없음에서 있는 꽃이 아닐 수 없다.

조
지
훈

1920~1968

까닭 없이 마음 외로울 때는
노오란 민들레꽃 한 송이도
애처롭게 그리워지는데

아 얼마나한 위로이랴
소리쳐 부를 수도 없는 이 아득한 거리에
그대 조용히 나를 찾아오느니

사랑한다는 말 이 한마디는
내 이 세상 온전히 떠난 뒤에 남을 것

잊어버린다. 못 잊어 차라리 병이 되어도
아 얼마나한 위로이랴
그대 맑은 눈을 들어 나를 보느니.

●　　　　　　　　　　　　　　　　　4월에 개화하는 민들레
는 국화과 식물로 여러해살이풀이다. 누군가 보살펴 주지 않았는데
도, 작고 여린 몸으로 외로움을 견디며 꽃을 피우는 '노오란 민들레
꽃 한 송이'를 보면 가슴 속 애처로움으로 남아 버린 사람을 그리워
하기도 한다. 이 그리움은 지우고 싶어도 지울 수 없는 사랑을 표상
하는 것으로서 민들레가 소환된 것이며, '소리쳐 부를 수도 없는 이
아득한 거리에' 당신을 찾아온 것. 말하자면 당신이 그토록 하고 싶
었던 '한마디 사랑한다는 말'이 거기에 잊지 못하고 피어있는 것. 그
렇다면 그 말만큼은 '이 세상 온전히 떠난 뒤에 남'아 위로가 되는 것
이니, 진정한 사랑은 사랑이란 이름으로 대상을 파수꾼처럼 지키면
서 억압하는 것이 아니라 민들레 홀씨와 같이 멀리 날아가 꽃을 피
울 수 있도록 바라보는 것. 따라서 '그대 맑은 눈을 들어 나를' 보듯
이 '사랑이란 지키는 것이 아니라 지켜봐주는 것'으로 존재해야 사
랑한다고 말 할 수 있지 않은가.

박
은
정

1975~

뒤돌아보면 없었다

이 계절의 끝에서
나는 무엇을 기다리는 걸까

유배된 두 손을 펼치면

황홀한 불화
황홀한 붕괴

노래하던 새가 목을 꺾고
부드러운 물고기가 초록 거품을 토하는
말하자면 세상이 끝나는 줄 모르는 아이처럼
목련이 떨어지는 풍경을 본다

사랑이라는 말을 발음하면
서로의 몸을 핥는 고양이

이곳에서도 나는 아름답지 못했다

성실하게 성장하고

과묵하게 작별할 수 있다면
겁 없이 사랑할 수 있을 텐데

눈을 뜨면 낯선 곳에 앉아
숲과 안개를 그려 넣는 사람아

　　　　　　　　　　　　　　어떤 사상이나 예술에서
혁신적이고 급진적인 것을 '전위적'이라고 한다. 전위적인 것은 다른
존재들보다 앞서 가는 것으로 먼저 길을 내는 존재다. 마치 목련꽃
같은 것으로 다른 꽃보다 빨리 그 모습을 말하자면 봄의 전령사로
서 보여준다. 3~4월에 개화하는 목련꽃은 '이 계절의 끝에서' 다른
꽃들이 피어났는지 뒤돌아보지 않고서 개화한다. 그것도 잎보다 꽃
을 먼저 매달고 겁도 없이 10미터 높이에서 무엇을 기다리는 듯 허
공에 멈춰 있다. 게다가 일찍 반응하는 것이 빨리 소멸하듯이 '황홀
한 불화'같이 '황홀한 붕괴'처럼 목을 꺾는 목련. 말보다 앞서 행동을
보인 것이다. 이별을 두려워하는 당신도 목련과 같이 '과묵하게 작
별할 수 있다면' 좋으련만. 전위적인 사랑도 이와 같이 '겁 없이 사랑'
하는 것이니. 목련 꽃말같이 고귀하다는 것은 이러한 용기가 뒤따
라야 하는 법이다.

박
현
수

1966~

떨어진 불꽃은
손아귀를

가만히 오므린다
다음에는
하느님이 떨어질 차례란 듯이

●   모든 사물은 중력에 지
배를 받는다. 중력은 그러한 사물이 왔던 길을 가르치고 있으므로
모두가 중력의 방향으로 향해있다. 마치 가을날 하강을 준비하는
단풍과 같이 어느 순간 무게를 가진 것들은 지표면으로 내려와야
하는 것이 이치다. 여기서 단풍은 나무가 허공에서 태우는 마지막
'불꽃'같은 애절한 마음을 품고 있는 것. 거기에 멀리 왔다는 것은
반대로 돌아가야 할 시간이 많이 남지 않은 것을 의미한다. 인간의
죽음도 삶의 무게를 견디다 못해 끝내는 완전히 지표면에 가닿지
않던가. 어느 가을날 '떨어진 불꽃'같은 낙엽을 보면 불꽃처럼 살다
가 식어버린 목숨들이 땅에 밟히는 것같이. 이처럼 인생길에서 멀
어져 하늘을 향해 눈을 감고 있는 것은, 삶이 '가만히 오므린' 증표
다. 한때 어딘지 모르는 중심을 잃고 불같은 꽃을 피워낸 누군가의
얼굴을 대변해 준다.

박
후
기

1968~

꽃이 필 때
목련은 몸살을 앓는다
기침할 때마다
가지 끝 입 부르튼 꽃봉오리
팍팍, 터진다

처음 당신을 만졌을 때
당신 살갗에 돋던 소름을
나는 기억한다
징그럽게 눈 뜨던
소름은 꽃이 되고
잎이 되어 다시 그늘이 되어
내 끓는 청춘의
이마를 짚어주곤 했다

떨림이 없었다면
꽃은 피지 못했을 것이다
떨림이 없었다면
사랑은 시작되지 않았을 것이다
그러나 더 이상
떨림이 마음을 흔들지 못할 때
한 시절 서로 끌어안고 살던 꽃잎들

시든 사랑 앞에서
툭, 툭 나락으로 떨어진다

피고 지는 꽃들이
하얗게 몸살을 앓는 봄밤,
목련의 등에 살며시 귀를 대면
아픈 기침소리가 들려온다

　　　　　　　　　　　　　　　　　　당신이 그를 만났을 때
처럼. 흔들리지 않고 시작되는 것이 있는가. 흔들린다는 것은 무의
식에 있는 것을 깨운다는 것이다. 자신도 모르는 마음이 여기서 저
기로 반응하는데 그것이 강렬하면 할수록 움직임도 커진다. 몸살
을 앓고 있는 봄날같이 당신의 '가지 끝 입 부르튼 마음 꽃 봉오리가
팍팍, 터지질' 있던가. 돌이켜보면 그런 당신도 '처음 당신을 만졌을
때'부터. '당신 살갗에 돋던 소름을' 잊지 못하는 것같이. 너무 화사
해서 징그러울 정도로 피어나는 목련처럼 살갗에 돋던 소름들. 이
것은 청춘의 '잎이 되어 다시 그늘이 되어' 보냈던 숱한 나날들을 기
억한다. 떨림은 꽃이 되고 사랑이 되고 한 시절이 되어 툭툭 떨어져
도 좋았다. 아직도 세월의 등 뒤에 사랑의 귀를 대면 '피고 지는 꽃들
이 하얗게 몸살을 앓는 봄밤'이 당신을 깨우질 않던가. 봄날 꽃가루
처럼 '아픈 기침소리'가 망각의 계절을 뚫고 날아다닌다.

어덟째날
滿

신
달
자

1943~

네 그림자를 밟는
거리쯤에서
오래 너를 바라보고 싶다

팔을 들어
내 속닢께 손이 닿는
그 거리쯤에
오래오래 서 있으면

거리도 없이
너는 내 마음에 와 닿아
아직 터지지 않는 꽃망울 하나
무량하게 피어올라

나는 네 앞에서
발이 붙었다.

●　　　　　　　　　　　　　　　　우리의 일상에서 바라
만 봐도 좋은 것이 있다. 누구의 소유도 아니지만 아무나 소유할
수 있는 그런 것. 들녘에 피어난 꽃처럼 탐욕 없이 마주할 때, 한아
름 마음속 주인이 된다. 욕망을 제거하고 세계를 바라보면 세계로
부터 해방되면서 자유로워지는 것같이, '순수'하게 산다는 것은 '더'
가지는 것에서 '다' 가질 수 있는 방법이 되기도 한다. 그러나 꽃을
꺾는 순간 꽃은 이미 꽃이 아니면서 꽃이 된다. 전자의 꽃은 모든
이들을 위한 것이 되지만 후자의 꽃은 어느 특정한 이를 위한 것일
뿐. 그것은 경계 없는 것의 경계를 스스로 만들면서 갈등을 초래하
는 원인이 되는 것. 당신에게 어쩔 줄 모르는 사랑이 있다면 사랑
하는 크기만큼 생긴 '그림자를 밟는 거리쯤에서 바라보라' 또한 사
랑하는 깊이만큼 '팔을 들어 손이 닿는 그 거리쯤에 있어라' 그리
하면 '오래오래' 가 닿은 사랑은 '거리도 없이' 와 닿아 '터지지 않는
꽃망울 하나'로 '무량하게 피어올라' 갈지니.

김태경

1980~

향초의 불을 꺼요
당신 향기 알고 싶어서

내음으로 기억하는 건
당신을 각인하는 일

뒤춤에 감춰진 의심이 연기처럼 사라져요

숨을 크게 쉬어 봐요
당신의 가슴 양쪽이
저리게 조금은 아파올 때까지*

한숨이 재로 변하나요
내가 당신을 알아볼게요

입김 불어 불을 끄면
불가능은 가능이 되죠

불편했던 도착들은
편한 미소 지어 보여요

불꽃이 사라진 심지에 장미꽃이 피네요

*이하이 〈한숨〉의 일부.

　　　　　　　　　　　　　　　　　　잘려나간 장미는 웃는
다. 웃기 위해 자라나고 꺾이기 위해 장미가 꽃봉오리를 터트린다.
죽음도 소멸시킬 수 없는 당신의 웃음 그렇게 모든 꺾인 꽃은 순간
을 기억되기 위해서 존재한다. 잘려나간 뿌리에서 사라진 생명은 잠
시 누군가의 기쁨이 되는 것. 뿌리와 줄기가 부정되면서 꽃만 남는
것은 "당신 향기 알고 싶어서" 출현한 것이지만 "내음으로 기억하는
건" 공유할 수 없는 '불가능의 가능'을 만들어 낸 것. 그 순간 "뒤춤에
감춰진 의심이 연기처럼 사라"질 수 있어도 가시는 시들지 않는다.
타버린 '향초'에 '재'가 남듯이. 종국에는 장미꽃이 가시를 남기고 버
려진다. 그러나 당신 앞에 있었던 장미는 '불편했던 도착들'이 만들
어냈지만 정화된 '편한 미소'로 아직도 그 장소에 거짓말처럼 머물
러있다. '저리게 조금은 아파올 때까지' 상처를 닮아가는 가시의 시
간. 그때만 떠올리면 헤어진 마음에도 "불꽃이 사라진 심지에 장미
꽃"이 따가운 웃음을 피워낸다. 꽃이진 자리에 남아 있는 가시 같은
추억일지라도 당신의 내음은 불 꺼진 반란이 된다.

오
탁
번

1943~2023

해평 윤씨 부인 묘역에서
꽃봉오리 갓 올라온
할미꽃 몇 뿌리 캐어
모종삽에 받쳐 들고 오는데
산비알 밭에서
밭갈이 하는 어미소 따라
엇송아지 한 마리가
강중강중 뛴다
저승의 무덤 떠나 이승의 꽃밭으로
이사 가는 줄도 모르는
무심한 할미꽃이
젖 보채는 엇송아지를 보다가
꽃샘 바람에 고뿔 드셨나
고개를 갸웃갸웃 흔든다

'충성' 또는 '슬픈 추억'
이라는 꽃말을 가진 할미꽃은 다년생으로 4~5월 봄 한가운데서 피어난다. 처음에는 진한 자주색 빛깔을 띠고 있지만 흰털로 덮인 열매를 맺으면서 할머니 머리카락처럼 백모가 된다고 해서 붙여진 이름이다. 이러한 할미꽃 유례는 어느 지역이든지 유사하게 나타나는데, 큰애들에게 구박받고 굶주림에 지친 할머니가 막내 딸(손녀)를 찾다가 그만 길가에 쓰러져 죽음을 맞이하게 된다. 뒤늦게 이를 안 막내 딸(손녀)가 달려와 할머니 시신을 끌어안고 울다가 양지바른 곳에 모셨고, 그곳에서 피어난 것이 할미꽃이다. 이 시에서는 화자의 고향인 충청도 지역의 할미꽃을 묘사하고 있다. 그것은 '산비알'이라는 산비탈의 방언을 통해 지각할 수 있는 대목이며 '엇송아지'나 '강중강중' '갸웃갸웃' 등 사물이나 형태를 순화시킨 어조에서도 지방의 특징어를 살필 수 있다. 할머니에 대한 추억을 파종하고 있는 이 시는 "저승의 무덤 떠나 이승의 꽃밭으로/이사 가는" 할미꽃을, 어린 송아지와의 시선을 통해 되살려낸다. 여기서 우리는 '고개를 갸웃갸웃'하면서 돌아가신 추억 속에 할머니를 상상 속에서 소환하기도 한다.

너의 어디든 나는 빛나고 있다

녹슨 자물쇠 무겁게 걸어둔
너의 깊은 데서 등불을 켜는 사람
너는 슬픔 속속들이 파묻힌
숨긴 눈물까지를 환히 보고 있는
나의 이 슬픔

가슴, 가슴의 샛길을 날며 노래하는 종지리
퍼덕이는 날개의 깃털을 쓰다듬는 나의 이 기쁨
하늘 채광 어리운 푸섶의 이슬같이
너의 어디든 내 눈물은 반짝이고 있다.

　　　　　　　　　　　　　　　　쓸쓸한 가슴에서도 빛
나는 사람이 있다. 슬픔을 눈물로 간직한 그 사람은 자신만이 간직
한 애절한 그리움의 빛깔로서 깊은 곳에서 더 밝아진다. 당신에게
그런 사람이 있다면 어둠 속에서 꽃처럼 피어나는 한줄기 빛으로
눈을 감고도 찾을 수 있는. 어디서나 발화되는 그 빛은 '녹슨 자물
쇠 무겁게 걸어둔' 상태에서도 '등불을 켜는 사람'이다. 그러므로 그
에게 나는 숨길 수 없는 '슬픔 속속들이 파묻힌' 시간을 가지고, '숨
긴 눈물까지를 환히 보고 있는' 지울 수 없는 흔적들이 켜켜이 쌓여
있다. 그렇다고 '나의 이 아픔'을 누군가가 알 수 없는 법. 때로는 '가
슴, 가슴의 샛길을 날며 노래하는' 새가 되어, 그렇게 '퍼덕이는 날개
의 깃털을 쓰다듬는 나의 이 기쁨'으로 날아와, '이슬같이' 반짝이다
눈물처럼 떨어지고 마는, 당신의 사랑은 시들지 않는 꽃이 되어 아
픈 가슴만큼 빛나고 있다.

돌돌돌 가랑잎을 밀치고
어느덧 실개울이 흐르기 시작한 뒷골짝에
멧비둘기 종일을 구구구 울고
동백꽃 피 뱉고 떨어지는 뜨락

창을 열면
우윳빛 구름 하나 떠 있는 항구에선
언제라도 네가 올 수 있는 뱃고동이
오늘도 아니 오더라고
목이 찢어지게 알려오노니

오라 어서 오라
행길을 가도 훈훈한 바람결이 꼬옥
향긋한 네 살결 냄새가 나는구나
네 머리칼이 얼굴을 간질이는구나

오라 어서 오라
나의 기다림도 정녕 한이 있겠거니
그때사 네가 온들
빈 창밖엔
멧비둘기만 구구구 울고
뜰에는 나의 뱉고 간 피의 낙화!

겨울은 마지막 있는 힘을 다해 그 기세를 몰고 오지만 그럴수록 봄은 조금씩 겨울을 파고들고 있다. 가지 않으려고 하는 겨울과 오려고 하는 봄은 숙명적으로 가고 오지만 그 사이 무엇이 있는가. 겨울이 풀리지 않을 것 같은 단단한 인연처럼 묶여 있다가 '돌돌돌 가랑잎을 밀치고 실개울이 흐르기' 시작할 때 즈음 낙화하는 "동백꽃 피 뱉고 떨어지는 뜨락"처럼 목매는 기다림이 있는 것. 이제 곧 '훈훈한 바람결'에서 '향긋한 네 살결 냄새'에서 '간질이는 네 머리칼'에서 그리움이 봄바람에 실려 올 것이다. 그러나 항구의 뱃고동이 목이 찢어지게 우는 것은, 기다리고 기다려도 "오늘도 아니 오더라고" 애절하고 서글픈 사연들 때문이다. 낙화한 동백꽃은 기다려도 오지 않는 사람을 "오라어서 오라" 애타게 부르다가 '피' 토한 붉은 '그리움의 언어'인 것처럼.

이
근
배

1940~

이름을 가진 것이
이름 없는 것이 되어
이름 없어야 할 것이
이름을 가진 것이 되어
길가에 나와 앉았다.

꼭 살아야 할 까닭도
목숨에 딸린 애련 같은 거 하나 없이
하늘을 바라보다가
물들이다가
바람에 살을 부비다가
외롭다가
잠시 이승에 댕겼다가 꺼진
반딧불처럼
고개를 떨군다.
뉘엿뉘엿 지는 세월 속으로만.

이름이 없다는 것은 하나의 이름에 묶여있지 않다는 말이다. 사물을 구분하기 위해 사용되는 이름은 한번 붙어진 이상 그 이름 밖으로 나가지 못하는 법. 야생에 핀 들꽃은 온실에서 자라는 꽃들이 가지지 못한 몸짓으로 피어나 누구에게도 속해 있지 않는 자유를 가졌다. 보통명사 들꽃은 고유한 이름이 없기에 고유한 정체성을 드러내는 것처럼 '이름을 가진 것이'이름 없는 것이 되어/이름 없어야 할 것이/이름을 가진 것이 되어 길가에 나와'있지 않던가. 거기서 이름 없는 것들이 이름 있는 것들을 보면서 '꼭 살아야 할 까닭도 목숨에 딸린 애련 같은 거 하나 없이'도 살아야 할 이유를 말해준다. 이른바 이름 있는 당신을 향해 '하늘을 바라보다가/물들이다가/바람에 살을 부비다가/외롭다가' 그렇게 반짝 생을 마감하는 '반딧불처럼' 들꽃은 없는 이름으로, 있는 이름을 소리 없이 가르쳐 주며 '고개를 떨군다' 그리고 바람이 불 때 마다 자신을 흔들며 "뉘엿뉘엿 지는 세월 속으로만" 걸어가고 있지 않던가.

민들레
꽃씨

날아가 닿는 곳 어디든 거기가 너의 주소다
조심 많은 봄이 어머니처럼 빗어준 단발머리를 하고
푸른 강물을 건너는 들판의 막내둥이 꽃이여
너의 생일은 순금의 오전
너의 본적은 햇빛 많은 초록 풀밭이다
달려가도 잡을 수 없던 어린 날의 희망
열다섯 처음 써 본 연서 같은 꽃이여
너의 영혼 앞에서 누가 짐짓 슬픔을 말할 수 있느냐
고요함과 부드러움이 세상을 이기는 힘인 것을
지향도 목표도 없이 떠나는 너는
보오얀 몸빛, 버선 신은 한국 여인의 모시 적삼 같은 꽃이여
너는 이 지상의 가장 깨끗한 영혼
공중을 날아가도 몸이 음표인
땅 위의 가장 아름다운 소녀들

욕망에도 무게와 부피가 있던가. 채울수록 무거워지고 부피를 더해가는 짐처럼 욕망은 채울수록 들어차면서 늘어난다. 가중되는 무게와 커가는 부피를 통해 욕망은 욕구를 키우면서 자신마저 그 안에 전복시키고 만다. 그러면서 뿌리내리지 못하고 끝없이 부유하는 물질 앞에서 빈번히 무릎을 꿇으며 고유한 자신의 정체성마저 상실해 버린다. 반면 가벼움은 무거움으로 측정할 수 없는 무게를 가졌다. 채울수록 무거워지는 욕망을 '버림'으로 벼리는 것같이 가벼움은 무거움을 버리고 민들레 꽃씨처럼 날개 없는 날개를 달 수 있다. "고요함과 부드러움이 세상을 이기는 힘인 것을"아는 민들레 꽃씨는 '날아가 닿는 곳 어디든 거기가 너의 주소가 생기는 것처럼. 봄에 개화하여 '몸이 음표인' 꽃씨를 남기는 민들레의 꽃말이 '행복'인 것은, 비로소 '깨끗한 영혼'으로 가벼워져 얻게 된 '비움의 자유'를 이르는 말이다.

아홉째날
活

이
대
흠

1967~

꽃과 가시가 한 어원에서 비롯되었다는 글을 읽는 동안
지금은 다른 몸이 한 몸에서 갈라져 나온
시간을 생각하는 동안
꽃을 사랑하는 일은 결국 가시를 품는 것이라는 것을
새기는 동안

꽃이 오셨다

어쩌지 못하고 물외처럼 순해지며 아픈 내 마음이며
줄기와 잎이 가시로 덮였어도 외꽃처럼 고울
그대에 대한 생각이며
견디지 못할 것 같았던 몸의 그리움을 마음의
그늘로 염하는 시간이며

5~8월에 노랗게 피는 '외꽃'은 '오이꽃'의 준말이며 '물외'라고도 불린다. 어릴 때 표면에 작은 가시와 같은 돌기가 있는 오이가 피워내는 외꽃의 꽃말은 변화, 존경, 애모 등으로 알려져 있다. 이처럼 가시를 간직하고 꽃을 피우는 외꽃은 '한 몸에서 갈라져 나온' 애증과 같이 동시에 사랑과 미움을 가진다. 고통이 없으면 쾌락도 없는 것같이 꽃을 피우기 위해 가시가 필요한 것으로 서로를 위해 서로가 공존한다. 마치 "꽃을 사랑하는 일은 결국 가시를 품는 것"처럼 당신의 사람이 '줄기와 잎이 가시로 덮였어도' 사랑하는 연유도 그러하다. 이별처럼 그 꽃이 떨어진 후에 '견디지 못할 것 같았던 몸의 그리움'으로 있는 것은 가시만 남아 버린 증표이기 때문이다.

이
병
기

1891~1968

영하 십오 도의 대한大寒도 다 지내고
잦았던 눈도 어제부터 다 녹이고
뜰 앞의 매화 봉오리도 볼록볼록 하고나

한잠 자고 나면 꿈만 시설스러웠다
이 늙은 몸에도 이게 벌써 봄 아닌가
일깨어 손주와 함께 뛰고 놀고 하였다

한 분盆 수선은 농주를 지고 있고
여러 난과 혜蕙는 잎새만 퍼런데
호올로 병을 기울여 국화주를 마셨다

대한은 '큰 추위'라는 뜻으로 24절기 중 마지막 절기이며 음력 12월 섣달에 들어 한해를 마무리하는 절후다. 그러나 소한을 지나 대한이 일년 가운데 가장 춥다고 한 것은, 절기가 중국에서 온 기준인바, 사실상 우리나라에서는 소한 무렵이 더 춥다. "소한의 얼음이 대한에 녹는다."라는 속담처럼 '영하 십오 도의 대한도 다 지내고 잦았던 눈도 어제부터 다 녹이고' 있는 뜰 앞을 살펴보면 볼록볼록 움트는 것. 영원히 겨울 속으로 묻혀 버릴 것 같은 시간을 지나 "늙은 몸에도 이게 벌써 봄 아닌가"라는 생각을 하게 된다. 밖에는 봄을 먼저 알리는 '매화' '수선화'가, 안에는 잎 새만 시퍼런 '난'도 봄을 맞이할 준비를 하고 있다. 시인은 벌써 다시 올 봄을 위해 국화주를 마시며 벌그레한 생각의 꽃을 피우고 있는 것이다.

이
승
하

1960~

오죽했으면 죽음을 원했으랴
네 피고름 흘러내린 자리에서
꽃들 연이어 피어난다
네 가족 피눈물 흘러내린 자리에서
꽃들 진한 향기를 퍼뜨린다

조금만 더 아프면 오늘이 간단 말인가
조금만 더 참으면 내일이 온단 말인가
그 자리에서 네가 아픔 참고 있었기에
산 것들 저렇듯 낱낱이
진저리치게 아름다울 수 있는 것을

속된 것에서 성화되는 꽃은 진흙 속에서 피어나는 연꽃같이 성스러움이 서려있다. 세속적인 고통이 클수록 그것에 비례하는 아픔은 성스럽게 변한다. 고통이 극한에 다다른 죽음이라고 할지라도, 비극은 미적으로 전환되는데, 이른바 삶을 뚫고 나오는 죽음은 승화된 꽃으로 표상된다. 여기서 꽃은 고통이 피워낸 아픔의 다른 말로서 "오죽했으면 죽음을 원했으랴" 죽음에 대한 이해가 동반되어야 한다. 이럴 때 꽃은 공감을 통해 "네 피고름 흘러내린 자리에서/꽃들 연이어 피어"나는 연쇄적 반응으로 파급력을 지닌다. '꽃들 진한 향기'는 속된 세상을 향해 진동하는 '피눈물'로서 사람들의 가슴 속에도 피어나 오랫동안 기억된다. 거기에는 참을 수 없는 아픔이 고통의 나날을 지탱하고 있었기에 "진저리치게 아름다울 수 있는 것을" 감각하게 해 준다. 따라서 '아픔이 너를 꽃피웠다'는 것은 죽어서 부활하는 정신이, 속된 육신만 '산 것들'에게 '저렇듯 낱낱이' 보여주는 '성화의 말씀'이다.

이
은
상

1903~1982

나는 갈랫길에 선
한 송이 해바라기
아침이 오면
숙였던 고개를 들고
새해를
바라보면서
지난밤 사연을 호소하리라

나는 밤을 보내는
한 송이 해바라기
눈물로 얼굴을 씻고
멀리 바라본다
태양이
나의 태양이
산 너머에서 돌아오네

어쩌면 살아있다는 것은 하루의 태양을 맞이하는 일과 다르지 않다. 뜨고 지는 태양 사이로 규칙적인 '한 송이 해바라기'처럼 우리는 거부할 수 없는 '시간의 태엽'에 맞춰져 돌아가고 있다. 누구나 '태양의 시간'이 풀리는 순간 '아침이 오면 숙였던' 고개를 들고 못하고, 새로운 해를 볼 수 없다. 현존재의 시간은 삶과 죽음이라는 "갈랫길에 선" 위태로운 일상의 연속인 줄 모른다. 따라서 '해'와 '바라기'의 합성어인 해바라기와 같이 인생도 해가 없이는 살아있다는 것에 대한 존재 증명을 하지 못하는 것. 7월부터 개화하는 해바라기의 꽃말 '당신을 바라봅니다'처럼 우리는 그를 맞이하기 위해 '밤을 보내는 한 송이 해바라기'가 아닌가. 그렇다면 태양이 뜨는 것을 밤새 기다려 '눈물로 얼굴을 씻고 멀리 바라'보는 것을 두려워 말라. 날마다 '태양이' 그것도 '나의 태양이' 이렇게 '산 너머에서 돋아'나는 것을, 기뻐하고 또 기뻐하라.

은방울꽃

이지엽

1958~

내 안에는 언제나 달이 뜨고 바람 불어

사랑 그 아린 꽃물결이 일렁거려

랑데부, 환한 손과 손 마주 잡고 하냥 우네

　　　　　　　　　　　　　　사람은 크게 두 가지로
상대방을 의식하며 살아간다. 순수한 의미의 표면적인 것과 추상적
인 관계의 정서적인 것으로, 한 인간은 한 인간을 마주한다. 누군가
에게 자아의 존재를 증명한다는 것 또한 이러한 것들이 복합적으로
타자들에게 내재되어 있다는 말. 일상에서 만났다가 헤어졌다가 하
는 수많은 사람들은 서로의 마음속에서 제각기 다른 '표정의 방'에
놓여있지 않겠는가. 마치 6월경 꽃을 피우는 백합과의 여러해살이
풀 '은방울꽃'처럼 작은 가슴에서 나온 꽃대로 여러 개의 '감정의 꽃'
을 매달고. 언제 끊어질 줄 모르는 희고 가냘픈 달걀 모양의 타원형
으로 바람에 흔들리고 있다. 그러한 당신 '안에는 언제나 달이 뜨고
바람 불어' 홀로 존재하는 것. 만나지 못하는 사랑도 고독을 완수하
는 꽃처럼 가슴으로 일렁이는 '그 아린 꽃물결'의 광장에서 '환한 손
과 손 마주 잡고' 오늘밤 남몰래 피어나고 있으니.

꽃, 꽃, 꽃

이태극

1913~2003

생김새 제 빛깔로
어우러 핀 공간이여

별 나비 오건 가건
비바람에 맡겨 놓고

그 넓은 하늘을 안아
섰는 곳에 서 있다

눈서리 어둠 속에
견디어 밝힌 목숨

억겁을 수놓으며
가만가만 여는 희열

이 길목 어기찬 숨결도
감싸 웃는 꽃, 꽃, 꽃

꽃 진 자리에서 꽃이 피
어나듯 우리 사는 이 땅도 누군가 꽃잎 떨군 곳으로 삶의 뿌리를 내
린다. 그 속에 다 같은 "꽃, 꽃, 꽃"일지라도 서로 다른 '생김새'를 하
고, 나라는 '제 빛깔로' '어우러 핀 공간'이 바로 세계라는 꽃밭이다.
그러나 "별 나비 오건 가건/비바람에 맡겨 놓고" 가시덤불 같은 그
자리가 꽃밭인 줄 모르고 사는 것은, 스스로 꽃이라는 사실을 망각
했기 때문. '그 넓은 하늘을 안아/섰는 곳에 서"있는 들꽃을 보면 세
상이라는 들판에서 '목숨' 하나 고독하게 흔들린다. 이렇듯 위태롭
게 "눈서리 어둠 속에/견디어 밝힌" 당신의 꽃봉오리도 언젠가는 질
것이다. 다만 당신이 사라진 그 자리에 '억겁을 수놓으며' 돋아날 꽃
들을 위해 주변을 감싸 안으며, 오늘이라는 '이 길목 어기찬 숨결'로
뜨겁게 살아야 하지 않을까.

이
형
기

1933~2005

가야할 때가 언제인가를
분명히 알고 가는 이의
뒷모습은 얼마나 아름다운가.

봄 한철
격정을 인내한
나의 사랑은 지고 있다

분분한 낙화...
결별이 이룩하는 축복에 싸여
지금은 가야 할 때.

무성한 녹음과 그리고
머지않아 열매 맺는
가을을 향하여
나의 청춘은 꽃답게 죽는다.

헤어지자.
섬세한 손길을 흔들며
하롱하롱 꽃잎이 지는 어느 날

나의 사랑, 나의 결별,
샘터에 물 고이듯 성숙하는
내 영혼의 슬픈 눈.

영원한 것이 없다는 말
은 영원한 것이 있었으면 하는 사람들의 염원에서 기원한다. 헤어
짐의 아쉬움이 너무나도 컸기에 미련으로 남아 다른 누구를 만나
게 되면, 경험상 벌써부터 헤어짐을 걱정하게 되는 것. 우리에게 만
나는 것보다 더 중요한 것이 있다면 '잘 헤어지는 법'이 아닌가. 그것
은 소중한 사람일수록 그 사람과의 만남이 끝나더라도 그 기억 속
에 영원히 남게 되는 것같이. 헤어짐의 아픔은 잠시이지만 만남의
즐거움은 영원한 시공간에 있는 것같이, 잘 헤어지는 법이야 말로
영원한 것이 있다는 것의 역설로 교환된다. 가야 할 때를 알고 떨어
지는 한 잎의 꽃처럼 그 "뒷모습은 얼마나 아름다운가" '나의 사랑'
에게 그러하다면 '결별이 이룩하는 축복'이 되고, '무성한 녹음과 그
리고 머지않아' '나의 사랑, 나의 결별'로 인하여 '내 영혼의 슬픈 눈'
에 "영원의 열매"가 맺힐지니, 안녕.

열째날

造

이
호
우

1922~1970

무
화
과

차마 꽃은 못 필레
그 아프디아픈 파열

은행처럼 바라만 보며
서로 앓긴 더 못 할래

차라리 혼자만의 응혈로
열매하여 견딜레

풍요로운 결실과 다산을 꽃말로 하는, 무화과는 꽃이 없는 열매로 알려져 있다. 사실상 꽃이 없는 것이 아니라 일반적인 꽃 모양과 다른 것인데 우리가 무화과 열매라고 부르는 무화과 속 초록색 열매가 바로 무화과 꽃이다. 만약 당신의 사랑도 밖으로 차마 피지 못해 안으로 피어난 꽃이라면 얼마나 아픈 사람이겠는가. 꽃잎 없는 무화과처럼 '아프디아픈' 상처가 속앓이만 하다가 그 고통이 만들어 낸 꽃. 은행나무와 같이 다가가지 못하고 바라만 보면서 앓다가 노랗게 익어버린 사랑의 결과는, 애처롭지만 깰 수 없는 단단함이 배어 있다. 스스로 보이지 않게 안으로 상처를 내고 그 속에 사랑을 새기고, 비로소 자신만의 사랑을 완성한 충만한 이름. 그것은 분명 '혼자만의 응혈'로 이룩한 무화武火의 열매로서 밤을 흐느끼며 지내본 자만이 아는, 달달한 슬픔의 맛을 가진 사랑이니.

정
진
규

1939~2017

충혈인지 어혈인지 그쪽으로 자꾸 깊게 물들고 있다 진자
주다 한번 되게 그대에게 부딪쳤을 뿐인데 온몸 다닥다닥
꽃 벌기 직전이다 어쩌려고 이러나 등짝을 당겨보지만 돌
아서지 않는다 꿈쩍도 하지 않는다 갈 때까지 갈 모양이
다 다닥다닥 서둔다 어느 문전이라도 걸 벌써 다 알고 있
는 눈치다 박태기 꽃 맺힌 걸 다닥다닥 바라다보며 이 봄
이 위태위태하다 한번 되게 살구나무가 부딪친 것 만개滿
開로 본 것이 엊그제인데 맘먹고 박태기 꽃 마지막을 서둔
다 이 늦봄 꿈속의 꿈까지 꾸어 몸 밖의 몸을 보려한다 박
태기 진자주

인간에게 삶과 죽음이 공존하듯이, 한그루 나무에게 사계절이 들어있다. 늦가을이 되면 칼집처럼 생긴 꼬투리가 달려서 '칼집나무'라고도 불리는, 박태기나무는 4월부터 '진자주' 색으로 개화한다. 꽃이 밥알 모양과 비슷하다고 해서 박태기라고 하며, 일부 지방에서는 '밥티나무'라고 불린다. 이 나무는 봄이 되면 '충혈인지 어혈인지' 온몸 다닥다닥 꽃이 먼저 잎이 피기 전에 7~8개에서 20~30개씩 한 군데 모여 달리는 것이 특징이다. '우정'이라는 꽃말과 같이 서로 '꿈쩍도 하지 않고 달라붙어 다닥다닥 바라보며' 여기저기에서 출현하는 '위태위태한 봄'의 끝에서 '맘먹고' 피어나듯 봄을 알린다. 마치 "이 늦봄 꿈속의 꿈"을 꾸듯이, 꿈이 '몸 밖에 몸'으로 피는 것같이, 박태기 꽃은 여름과 가을 그리고 겨울을 뚫고 나온다. 그것도 진하고 진한 '진자주' 빛깔로 사계를 견뎌온 '세월의 표피'를 몸 밖으로 꿈을 표출하듯이 수놓는, 봄이 그리워지는 11월의 찬바람 끝에 서 있다.

소금꽃

정현우

1986~

오늘 아버지를 선박에 태워드렸다

소용돌이치는 불을 가르며
아버지가 소금을 캔다
바닷물에 비치던 구름을 퍼내고
불살에 온 몸의 문이 열리고 있다
풍랑에 왈칵 뼈들이 쏟아지고
부드럽게 씻겨 나가는 껍질들
은사시나무 떨리듯
떨리는 사람들,
생애에서 가장 단단한 순간
수면에 번지는 꽃들이 살을 비빈다
고기떼들이 물살을 캐고 물살이 고기를 캐듯
소금이 아버지를 캔다

소금이 물길에 금방 녹아내리듯
불길에 녹아내리는 한줌의 흰 꽃.

　　　　　　　　　　　　　　　한 편의 시는 한 송이 꽃
이다. 그것은 생각의 줄기에서 자란 응축된 언어가 시라는 형식의
꽃으로 발화하는 데 있다. 가령 바다에 사는 물고기를 소금으로, 소
금을 꽃으로 비유한다면 '소금 꽃'을 피워내는 주체로부터 생성된다.
바로 그 꽃을 바다에서 캐내기 위한 주체로 '오늘 선박에 태운 아버
지'가 요구되며 아버지는 화자의 호명으로 바다로 나간다. 바다에
비친 선박의 불빛들 사이에서 아버지는 '소용돌이치는 불을 가르며
고기떼들이 물살을 캐고 물살이 고기를 캐듯' "소금 꽃"을 캐는 것
이다. "불살에 온 몸의 문이 열리"면서 드디어 '수면에 번지는 꽃들
의 살을' 볼 수 있다. 이로써 소금이 물길에 금방 녹아내리듯 불길에
녹아내리는 한줌의 흰 꽃'이 선박 위에서 퍼덕인다. 그렇게 '은사시
나무 떨리듯 떨리는 사람들' 사이에서 '소금 꽃'이 개화하고야 만다.

정
현
종

1939~

나무 옆에다 느낌표 하나 심어놓고
꽃 옆에다 느낌표 하나 피워놓고
새소리 갈피에 느낌표 구르게 하고
여자 옆에 느낌표 하나 벗겨놓고

슬픔 옆에는 느낌표 하나 올려놓고
기쁨 옆에는 느낌표 하나 웃겨놓고
나는 거꾸로 된 느낌표 꼴로
휘적휘적 또 걸어가야지

　　　　　　　　　　　　　자연이 피워내는 꽃을, 느낌표라고 한다면 그것은 분명 '땅의 감탄사'일 것이다. 특별히 강한 느낌을 강조하기 위해 나타내는 느낌표("!")처럼 꽃은 '놀람의 표상'이 아닐 수 없다. 일상 속에서도 꽃이 피어나듯 우리의 감정을 자극하는 문장부호와 같은 느낌들로 가득하다. 그것을 감각하는 순간 나무도, 꽃도, 새소리도, 여자도 당신에게 각별한 의미로 다가와 가슴에 느낌표로 새겨진다. 또한 감정이 움직이는 대로 슬픔과 기쁨의 신호가 전해지고, 슬플 땐 '슬픔의 부호'로, 기쁠 땐 '기쁨의 부호'로서 당신 마음에 심기도, 피우기도, 구르기도, 벗겨놓기도 한다. 바람 잘 날 없는 당신도 그럴 때 마다 '거꾸로 된 느낌표("¡") 꼴'로 땅을 걸어가는, 자연이 피어올린 '한사람의 감탄사'라는 사실을 알게 되지.

정
호
승

1950~

울지마라
외로우니까 사람이다
살아간다는 것은 외로움을 견디는 일이다
공연히 오지 않는 전화를 기다리지 마라
눈이 오면 눈길을 걸어가고
비가 오면 빗길을 걸어가라
갈대숲에서 가슴 검은 도요새도 너를 보고 있다
가끔은 하나님도 외로워서 눈물을 흘리신다
새들이 나뭇가지에 앉아 있는 것도 외로움 때문이고
네가 물가에 앉아 있는 것도 외로움 때문이다
산그림자도 외로워서 하루에 한번씩 마을로 내려온다
종소리도 외로워서 울려퍼진다

　　　　　　　　　　　　　12월에서 3월 사이에 꽃을 피우는 수선화의 꽃말은 '자기애自己愛'다. 이 자기애의 어원은 그리스 신화에 나오는 나르키소스라는 청년의 이름에서 유래한다. 어느 날 나르키소스는 연못에 비친 자기 얼굴의 아름다움에 반해 빠져 죽은 물속에서 수선화가 피었고, 자기 자신에게 애착하는 나르시시즘Narcissism이라는 정신분석학적 용어가 여기에서 생겨났다. 이러한 슬픔을 가진 연약한 수선화는, 이 시에서 인간의 근원적 외로움과 동화되어 "울지마라/외로우니까 사람이다"라는 말을 남긴다. 행여나 인생이라는 바람 앞에서 언제 쓰러질 줄 모르는 우리에게 "살아간다는 것은 외로움을 견디는 일이다"라고 충고한다. 또한 나를 보고 있는 나로부터 나르시시즘의 눈을 존재하는 대상들에게 돌리면 '너를 보고' 있는 나를 만나게 되는 바, '하나님도 외로워서 눈물을 흘리신다'는 것은 바로 독신에서 오는 것, 존재의 외로움이라는 사실이다. 그러니 물은 위에서 아래로 흐르면서 시냇물을 지나 강과 바다를 만나듯이 '산그림자도 저녁이 되면 마을로 내려오는' 이유 또한 '외로움 때문이다.' 보라, 당신이 혼자라고 느낄 때 심장의 '종소리도 외로워서' 가슴 속에서 당신 안으로 파고들면서 숨죽여 울려 퍼질 때가 있지 않던가.

조
병
화

1921~2003

저것들에게도 분명 무슨 말들이 있을 거다
그렇지 않고선 어찌
저렇게 온종일
바람과 낄낄거린다는 말인가

저것들에게도 분명 무슨 사연들이 있을 거다
그렇지 않고선 어찌
저렇게 밤을 새워 기다린다는 말인가

저것들에게도 분명 무슨 사랑들이 있을 거다
그렇지 않고선 어찌
저렇게 곱게 몸단장을 한다는 말인가

그리고 저것들에게도 분명 무슨 미련이 있을 거다
그렇지 않고선 어찌
저렇게도 해마다 해마다 그 자리
그곳에 다시 피어난다는 말인가
그러나 나의 길은 가면 못 오는 길

한번 지나갈 뿐
이제 그 길을 나는 지금 고속으로

너를 보며보며 지나가고 있는 거다
이렇게 나머질.

●   이유 없이 태어난 사람
이 없듯이 그냥 피어나는 꽃들도 없을 것이다. 가꾸지 않았는데도
길가 봄기운과 함께 움트고 있는 꽃들도 그러하리. 3월 어느 날 자
신의 존재를 증명이라도 하는 듯이, 한 세상 뿌리 내린 이름 없는 꽃
들을 바라본다. 꽃들의 말이, 꽃들의 사연이, 꽃들의 사랑이 들리
는가. 그렇다면 미련을 버리지 못하고 '해 마다 그 자리'에 피어나는
그들의 생각도 읽을 수 있으리라. 반면 꽃들의 길은 가고 올 수 있지
만 사람의 길은 한번 가면 돌아오지 못하는 것. 그것도 고속으로 '한
번 지나갈 뿐' 그렇게 지나가고 있는 이 길에, 당신은 꽃보다 할말이,
사연이, 사랑이 그리고 인생의 미련이 얼마나 아름답게 남았는가.

조
오
현

1932~2018

이른 봄 양지 밭에 나물캐던 울 어머니
곱다시 다듬어도 검은 머리 희시더니
이제는 한 줌의 흙으로 돌아가 서러움도 잠드시고

이 봄 다 가도록 기다림에 지친 삶을
삼삼히 눈 감으면 떠오르는 임의 모습
그 모정 잊었던 날의 아 허리 굽은 꽃이여

하늘 아래 손을 모아 씨앗처럼 받은 가난
긴긴 날 배고픈들 그게 무슨 죄입니까
적막산 돌아온 봄을 고개 숙는 할미꽃

인간에게 변하지 않는 것이 있다면 죽는 것과 변할 수 없는 것이 있다면 언제 죽을지 모른다는 것이다. 다만 세월의 흐름 속에서 나이가 들고 있다는 것으로, 늙어가고 있다는 현상을 통해 노년으로 죽음에 다가가고 있다는 사실만 감지될 뿐. 산과 들판의 양지쪽에서 자라는 할미꽃은 흰 털로 덮인 열매의 덩어리가 꼬부라진 할머니의 하얀 머리카락 같아서 그와 같은 이름이 생겼다. "이른 봄 양지 밭에 나물캐던 울 어머니"의 젊음도 "곱다시 다듬어도 검은 머리 희시더니" 결국 사랑의 배신, 슬픈 추억이라는 꽃말을 가진 할미꽃같이 삶은 죽음을 배신하고 "한 줌의 흙으로 돌아가 서러움도 잠드시고"야 만다. 불가와 세속을 넘나드는 '그 모정'으로 '가난'한 자를 보살피며 허리가 굽어 가며 운명하신 조오현 스님도 "이 봄 다 가도록 기다림에 지친 삶"에 "삼삼히 눈 감으면 떠오르는 임의 모습"이 되지 않았던가. 한동안 그가 보여준 적막산 속에서 우리는 또 얼마나 헤매야 할까.

초판 1쇄 인쇄일	2024년 5월 10일
초판 1쇄 발행일	2024년 5월 18일

지은이	권성훈
편집/디자인	정구형 이보은
마케팅	정찬용 정진이
영업관리	한선희 김형철
책임편집	정구형
인쇄처	으뜸사
펴낸곳	국학자료원 새미(주)
	등록일 2005 03 15 제251002005000008호
	경기도 고양시 덕양구 권율대로 656 원흥동
	클래시아 더 퍼스트 1519,1520호
	Tel 02)442-4623 Fax 02)6499-3082
	www.kookhak.co.kr
	kookhak2010@hanmail.net
ISBN	979-11-6797-157-9 *03810
가격	18,000원